TABLE.

DE L'AMITIE' DES ANIMAVX.

PARTIE I. **C**Ombien il y a de sortes d'Amour entre les Animaux. page 5

Article I. *Que la beauté peut exciter l'Amour entre les Animaux.* 6

Article II. *Qu'il y a des amitiez delectables entre les Animaux.* 23

Article III. *Qu'il y a des Amitiez honnestes entre les Animaux.* 25

Article IV. *Quelles sont les causes en general de l'Amitié des Animaux.* 28

PARTIE II. *Des Amitiez particulieres qui se trouvent entre les Animaux de mesme espece.* 35

Article I. *Des Animaux qui aiment tous ceux de leur espece.* là-mesme.

Article II. *Des Amitiez qui se trouvent entre les Sexes.* 43

Article III. *Des Animaux qui aiment*

TABLE.

· leurs Petits. 60

Article IV. *Des Animaux qui aiment ceux qui les ont engendrez.* 74

Article V. *Des Animaux qui aiment ceux qui les conduisent.* 80

PARTIE III. *Des Amitiez particulieres qui se trouvent entre les Animaux de diverse espece.* 89

Article I. *Des Animaux dont l'Amitié est fondée sur la Ressemblance de nature.* 90

Article II. *Des Animaux dont l'Amitié est fondée sur le Vivre.* 99

Article III. *Des Animaux dont l'Amitié est fondée sur la Seureté.* 104

Article IV. *Des Animaux dont l'Amitié est fondée sur la Societé.* 121

Article V. *Des Animaux dont l'Amitié est fondée sur la Commodité.* 134

DE LA HAINE DES ANIMAVX.

PARTIE I. *Qvelle est la cause en general de la Haine des Animaux.* 141

Que l'Antipathie n'est pas la cause naturelle de la Haine des Animaux. 143

DISCOVRS
DE L'AMITIE'
ET
DE LA HAINE
QVI SE TROVVENT
entre les Animaux.

Par Monsieur DE LA CHAMBRE.

A PARIS,
Chez CLAVDE BARBIN; au Palais, sur le
Perron de la Sainte Chapelle.

M. DC. LXVII.
AVEC PRIVILEGE DV ROY.

TABLE.

Que la Haine des Animaux ne continue
pas aprés leur mort. 145

Opinion d'Ariſtote touchant la cauſe de la
Haine des Animaux. 153

Refutation de l'opinion d'Ariſtote. 155

La cauſe veritable de la Haine des Animaux. 158

La Haine qui vient de l'Inſtinct. 159

La Haine d'Inſtinct n'eſt que contre ceux
qui attentent à la vie. 162

S'il y a des Haines fondées ſur des qualitez occultes. 165

La Haine du Lion contre le Coq. 166

La Haine de l'Elephant contre le Pourceau.
167

La Haine de l'Aigle contre le Roïtelet. là-
meſme.

Il y a de la Haine fondée ſur les qualitez
occultes. 169

Il y a quatre cauſes de la Haine des Animaux. 178

Qu'on peut rendre raiſon de la Haine des
Animaux ſur les qualitez occultes. là-
meſme.

PARTIE II. Quelle eſt la cauſe de la
Haine que les Animaux ont en particulier les vns contre les autres. 188

ã iij

TABLE.

CHAP. I. Article I. *De la Haine que les Animaux ont contre ceux qui les mangent.* là-mesme.

Article II. *Des Animaux qui stupefient les autres pour les devorer.* 206

Article III. *Des Animaux qui haïssent ceux qui détruisent leurs œufs & leurs petits.* 213

CHAP. II. *De la Haine que les Animaux ont contre ceux qui les tuënt par leur venin.* 217

CHAP. III. *Des Animaux qui se haïssent pour le vivre.* 221

CHAP. IV. *De la Haine que les Animaux ont contre ceux qui ont des qualitez sensibles qui leur sont fascheuses.* 229

Article I. *De l'Odeur.* là-mesme.

Article II. *De la Saveur.* 233

Article III. *De la Douleur.* 235

Article IV. *Du Son.* 237

Article V. *De la Couleur.* 239

Article VI. *De la Figure.* 240

CHAP. V. *De la Haine des Animaux, qui est fondée sur les qualitez occultes.* 241

Les Inimitiez vray-semblables. 242

Les Inimitiez fausses. 247

DE

DE
L'AMITIE'
QVI SE TROVVE
ENTRE LES ANIMAVX.

ANS la neceffité que le Traité des Paffions nous a impofée de chercher les caufes de l'Amour & de la Haine qui fe trouvent entre les Animaux; comme nous n'avons pas ignoré que c'eft là vne des bornes où l'efprit humain eft contraint de s'arrefter, & vn écueil où les plus grands Philofophes ont toûjours échoüé : nous n'avons pas eu auffi la vanité de croire que nous puffions paffer plus avant qu'ils n'ont fait, & que la découverte des

A

chofes qui leur ont eſté inconnuës nous
deuſt eſtre reſervée. Non, il ne faut pas
que l'on attende de nous que nous al-
lions découvrir des ſecrets qui n'ont encore eſté veus que des yeux de la Nature, & que nous puiſſions oſter le voi-
le qui cache ces profonds myſteres de
la Sageſſe & de la Providence de Dieu.
Ce que nous en voulons dire ſervira
plûtoſt à faire admirer ces merveilles,
qu'à les faire connoiſtre : ce ſera plûtoſt vn hymne, & vn cantique à la loüan-
ge de l'Auteur qui les a faites, qu'vne
leçon aux curieux qui les leur faſſe com-
prendre. Et ſi aprés avoir fait voir la
foibleſſe des raiſons qu'on en a données,
nous taſchons d'en apporter de nouvelles; nous confeſſons ingenuëment que
ce ne font que de legeres conjectures,
& comme de foibles lumieres qui ne
ſont pas capables d'éclairer dans toute
la profondeur de ces abyſmes. Commençons donc par l'Amour, qui eſt la
premiere de toutes les paſſions, & qui
eſt ſi remarquable en toutes ſortes d'A-
nimaux.

MAis avant que d'entrer en cette

curieuse recherche, il est à propos d'observer qu'encore que l'on employe icy indifferemment les mots d'*Amitié*, d'*Amour*, d'*Inclination*, & de *Sympathie*; ce ne font pas pourtant des termes synonymes, & qui ayent vn mesme sens. Car l'*Amour* est la passion & le mouvement que souffre l'appetit; comme quand on dit que les Cerfs font en amour, cette façon de parler signifie qu'ils font effectivement agitez de l'émotion, où consiste l'Amour. Mais l'*Inclination* ne marque pas précisément la passion, puisqu'on peut avoir inclination pour vne chose fans l'aimer actuellement; & qu'on ne perd pas l'inclination que l'on a pour elle, quoy que l'on dorme, où qu'on ait l'esprit occupé ailleurs. L'Inclination n'est donc que la disposition que l'on a d'aimer quelque chose; & cette disposition vient des images des objets aimables, qui se conservent dans la memoire, & qui font pancher l'ame vers eux, laissant vne facilité à l'appetit de former l'amour dans les rencontres, comme nous avons montré au traité des Inclinations. Or ces Images font naturelles ou acquises. Les premieres font l'*Instinct*

qui eſt l'inclination ſecrette & naturelle que quelques animaux ont pour les
autres ; qui ſe peut auſſi appeller *Sym-*
pathie , parce que la Sympathie eſt vne
convenance naturelle , qui ſe trouve
dans les choſes ; & il n'y a point de
convenance ſi juſte, que celle qui ſe fait
par ces Images. Les Images acquiſes
ſont celles qui demeurent dans la memoire en ſuite de la connoiſſance des
ſens : elles ſont auſſi les Inclinations
fortuites & paſſageres. Enfin l'*Amitié*
eſt icy la meſme choſe que l'Inclination:
car elle ne marque pas preciſément la
paſſion ; & ce ne ſeroit pas parler pro-
prement, de dire lors que les Cerfs ſont
en rut, qu'ils ſont en amitié, il faut dire qu'ils ſont en amour.

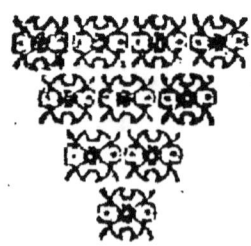

Combien il y a de sortes d'Amour entre les Animaux.

PARTIE I.

COMME il y a deux sortes d'objets qui excitent l'Amour, le *Bon* & le *Beau*: la premiere question qu'on peut faire sur la matiere que nous entreprenons, est de sçavoir, si les Animaux peuvent estre touchez de la Beauté, & si elle peut faire naistre quelque amour entre eux. Et parce qu'il y a trois sortes de Biens, l'Honneste, le Delectable, & l'Vtile, qui font naistre autant de sortes d'Amitiez; il faudra aprés examiner si parmi eux il y a des Amitiez honnestes & delectables. Car pour celle qui est vtile, il n'y a pas lieu de mettre en question si les Bestes en sont susceptibles, puisque apparemment elles n'aiment rien que pour l'vtilité qu'elles en retirent.

Que la beauté peut exciter l'Amour entre les Animaux.

ARTICLE I.

QVANT à la premiere, qui regarde la Beauté, comme c'eſt vne perfection, qui ſe conſidere ou dans les Qualitez ſimples ſans avoir égard aux ſujets, telles que ſont les couleurs & les ſons; ou dans les Sujets meſme qui ont les qualitez qui les rendent beaux : il eſt aiſé de monſtrer qu'en l'vne & en l'autre maniere la Beauté eſt reconnuë & aimée par les Animaux. Car à l'égard des Couleurs & des Harmonies, où tout le monde eſt d'accord que la Beauté ſe trouve, il eſt vray-ſemblable que celles qui ſont belles à nos yeux & à nos oreilles, le doivent eſtre auſſi aux leurs. En effet, elles ne nous paroiſſent belles que parce qu'elles ſont agreables, & elles ne ſont agreables qu'à cauſe de la proportion qu'elles ont avec les ſens; les belles couleurs & les harmonies eſtant plus conformes au ſens, & ayant des proportions qui le perfe-

ctionnent davantage, comme nous avons
amplement monftré au traité de l'Iris.
Si cela eft ainfi, tout l'agrément qu'elles donnent vient de la perfection qu'elles ont, & de la jufte difpofition des
organes de la veuë & de l'ouye; de forte que s'il y a des animaux qui ayent
ces parties-là auffi bien difpofées que
nous les avons, il faut qu'ils les trouvent
belles, & qu'ils en foient touchez comme nous. Pourquoy n'auroient-ils pas
inclination pour quelques-vnes, puif-
qu'il y en a qui leur font en horreur. *Seneca.*
Car la couleur blanche met le Lion & *Plutar.*
l'Ours en fureur, la rouge irrite l'Ele- *Plin.*
phant & le Taureau. Le Lion hait le
chant du Coq, & le bruit des charre-
tes, & le Tygre devient furieux quand *Pierius.*
il entend le fon du tambour. Non, il ne
faut pas douter qu'il n'y ait auffi des
Couleurs & des Sons qui leur font agreables : car il y a peu d'animaux qui n'aiment la lumiere, qui eft la fource & la
reine des couleurs, puifqu'il n'eft pas
jufqu'aux papillons, qui pour en jouïr
ne fe viennent brufler à la chandelle.

Quant aux Sons, je ne veux pas appuyer cette verité par les exemples que

les Auteurs ont donnez des animaux qui aiment la musique. On m'en demanderoit peut-estre la preuve qui ne seroit pas si aisée à faire dans les Dauphins [1] & dans les [2] Pagres, dans les Ours [3] & dans les Sangliers [4], dans les Cerfs [5] & dans les Chameaux [6]. Il n'en faut point d'autre que celuy de cét Oiseau admirable, qui n'est rien que voix, & dont la voix n'est rien qu'harmonie. Tout le monde sçait la varieté qu'il donne à son chant, la perseverance & la contention qu'il y apporte, l'émulation qu'il a contre les autres qui luy répondent, & l'effort qu'il fait pour les surmonter. Aprés cela pourra-t-on croire que son chant ne luy plaise pas, & que tant de fredons, tant de fugues & tant de roulemens dont il le diversifie, ne luy soient pas agreables?

On dira peut-estre que l'Instinct l'excite & le pousse à chanter sans connoître ce qu'il fait, & par consequent sans y prendre aucun plaisir. Cela à la verité se pourroit dire avec quelque apparence des autres oiseaux, dont le chant est determiné à vn certain ramage qui est toûjours égal & vniforme, & qui

1 *Plutar.*
Gesner.
Plin.
2 *Plin.*
Gillius.
3 *Olaus.*
4 *Ælian.*
5 *Plin.*
6 *Plin.*
major.

vray-femblablement doit venir de la
Nature, puifque vne chofe qui ne change point doit avoir vne caufe conftante. Mais il n'en eft pas ainfi du Roffignol, qui varie fon chant en tant de
façons, qu'il ne fait jamais deux accords
ni deux tirades qui foient pareilles. Autant de fois qu'il reprend fon haleine,
autant de fois il change de tons & de
mefure, & l'on peut affurer qu'à chaque reprife il chante vn nouveau mo-
tet. Or cette diverfité ne peut venir de
l'Inftinct, qui confifte dans les Images
naturelles; parce qu'elles font reduites
à vn nombre qui eft certain & arrefté,
& qu'elles font rangées dans vn ordre
qui eft immuable : de forte qu'il eft neceffaire qu'elle dépende du choix que
ce Chantre merveilleux fait des tons &
des accens qui compofent fes airs : &
en ce cas-là, il faut qu'il y prenne plaifir.

On pourroit dire encore que comme
les Roffignols chantent lors qu'ils font
en amour, c'eft la fermentation & le
bouïllonnement des efprits & des humeurs que la Nature excite en ce temps-
là pour la confervation de leur efpece;

qui agite leurs poulmons, & leur fait
former ces accens, sans qu'ils y pensent,
de la mesme maniere que le vent fait
sonner les orgues & les flutes. Cette
raison auroit quelque vray-semblance,
s'ils ne chantoient qu'en ce temps-là;
mais nous experimentons le contraire
en ceux qui sont apprivoisez, & qui ga-
zouïllent en toutes saisons, mesme au
cœur de l'hyver, où cette fermentation
n'a point de lieu. Ce n'est pas qu'elle
n'y contribuë quand ils sont en amour,
parce qu'elle les échauffe & les anime.
Et il y a de l'apparence que la Nature
ménage la chaleur extraordinaire qu'ils
ont alors; & que d'abord elle la fait
monter aux parties superieures, afin de
les faire chanter, & leur faire dire les
vns aux autres les sentimens que la passion leur inspire. Car enfin s'ils ex-
priment leurs passions par leur voix,
comme l'experience nous l'apprend
dans les autres animaux; & s'ils sont
en amour comme tout le monde dit;
il faut que l'Amour leur donne les
pensées & les sentimens qui luy sont
conformes; & que leurs chansons ne
soient en ce temps-là que les expressions

du plaifir qu'ils reffentent, & les femon-
ces mutuelles où leurs defirs les engagent. Mais aprés cela la Nature retire
cette chaleur aux parties baffes , pour
les faire pondre & couver leurs œufs:
& alors ils ceffent de chanter , & l'A-
mour qui eftoit entre eux , fe change
en celle qu'ils prennent pour leurs petits : & de fait le mâle , qui ne couve
point, chante plus long-temps que la
femelle.

Les Roffignols fe plaifent donc à leur
chant; & je dis bien davantage , ils fe
plaifent à l'harmonie des inftrumens.
Car quand ils entendent le luth, ils fuivent celuy qui en joüe , ils fe taifent
d'abord , & l'écoutent avec attention ;
aprés ils joignent leur chant à fes accords , & comme s'ils le vouloient vain-
cre, ils font de fi grands efforts, qu'on
en a veû qui y ont perdu l'haleine & la
vie. Si cela eft ainfi , il faut que leurs
chanfons & l'harmonie du luth leur paroiffent belles. Car c'eft vne chofe certaine que tout ce qui plaift, & qui s'arrefte à la connoiffance que l'on en a
fans apporter aucune vtilité manifefte,
doit eftre Beau. En effet, entre tous les

objets fenfibles ceux qui fervent à l'entretien & à la confervation du corps, font appellez bons, comme les faveurs, les odeurs & les qualitez tactiles : Mais ceux qui font agreables fans vtilité, & qui ne caufent aucun bien que le plaifir, font appellez beaux, comme les couleurs & les fons. Or perfonne ne dira à mon avis que le chant des oifeaux ferve à leur confervation, puifqu'il y a mefme des temps où ils ne chantent point ; il faut donc qu'il leur plaife, parce qu'il leur paroift beau, & qu'ils l'aiment, puifque le plaifir préfuppofe l'amour. Ce font les raifons qui montrent que les Animaux reconnoiffent la Beauté des Qualitez fimples, & qu'ils en font touchez.

Mais fi la Beauté fe confidere comme vne perfection qui fe trouve dans les Corps, il nous fera encore plus facile de prouver qu'ils peuvent la connoiftre & l'aimer.

Pour bien établir cette verité, il faut fe fouvenir de ce que nous avons dit en divers endroits de cét ouvrage : que la perfection de chaque animal confifte

en deux chofes; l'vne dans l'affemblage
de toutes les facultez qui luy font neceffaires pour faire les fonctions aufquelles il eft deftiné : l'autre dans le con-
cours de toutes les difpofitions corporelles que ces facultez demandent dans
les parties pour fervir d'organes à ces
fonctions. Et ce font ces difpofitions
là qui forment la Beauté fenfible : car
vne partie eft belle qui a la grandeur,
la figure, & les autres difpofitions qui
font neceffaires à l'action qu'elle doit
faire; & s'il y en a quelqu'vne qui luy
manque, ou qui foit fuperfluë, elle ne
fera point belle.

Or parce que la Generation eftoit neceffaire aux animaux pour la confervation de leur efpece, & que cette action
non plus que quelque autre que ce foit,
ne fe peut faire fans vne caufe efficiente & vne caufe materielle; la Nature a
divifé chaque efpece en deux Sexes,
pour faire la fonction de ces deux caufes; le Sexe Mafculin fervant de caufe
efficiente, & le Feminin de caufe materielle. Comme donc l'vn & l'autre ont
deû avoir des vertus differentes, il a fa-
lu qu'ils ayent eû auffi des difpofitions

differentes ; lesquelles font la difference de la Beauté masle & femelle, quand
elles sont justes & conformes à la fonction qu'elles doivent faire.

Il resulte de tout ce raisonnement,
que tout Animal est Beau , qui a cette
justesse de conformation proportionnée
à sa nature. Mais il ne s'ensuit pas de
là qu'il soit reconnu Beau par tous les
autres : Car cette connoissance ne passe
guere l'espece, ni le sexe; je veux dire
qu'il n'y a guere que les Animaux d'v-
ne mesme espece qui connoissent la beauté qui s'y trouve, & principalement celle des sexes. La raison en est, que cette
connoissance vient de l'Instinct, la Nature ayant imprimé dans l'ame de chaque Animal la figure qui est propre à
son espece. Autrement, comment con-
noistroit-il les autres qui en sont ? Ce ne
seroit pas par la ressemblance qu'ils ont
avec luy : car il ne se voit pas luy-mesme, & ne peut par consequent juger
s'ils luy ressemblent. Ce ne seroit pas
aussi par la frequentation & par la coû-
tume qu'ils ont d'estre ensemble : car vn
poulsin qui n'en aura jamais veû d'autre,
se joint d'abord avec ceux qu'il rencon-

tre. Il faut donc qu'il foit inftruit d'ailleurs que ceux qu'il voit font conformes
à fa nature ; & on ne fe peut figurer d'autre moyen qui luy puiffe donner cette
connoiffance , que les Images naturelles.

Il en faut dire autant de la Beauté
des Sexes. Il n'y a que l'Inftinct qui donne aux Mafles la connoiffance de leurs
Femelles : car outre qu'il y en a qui
font tellement femblables, qu'il nous eft
impoffible d'y reconnoiftre la difference
du Sexe , que par l'anatomie , comme
les Pigeons & les Tourterelles; qui neantmoins ne fe trompent jamais dans la dif-
tinction qu'ils en font : Qui peut avoir
appris aux autres , où cette difference eft
fenfible, qu'ils doivent s'apparier enfemble , pour avoir des petits ? Il faut ne-
ceffairement recourir aux Images naturelles, qui portent non feulement la
figure des Sexes, mais qui donnent encore l'inclination & la pente de s'apparier. Car , comme nous avons monftré
en noftre Syfteme , ces Images ne font
pas de fimples reffemblances qui faffent
feulement connoiftre les chofes , elles
font encore agir , & font comme autant

de propofitions qui contiennent ee que chaque animal doit faire.

On nous demandera peut-eftre comment les Animaux, dont les mafles & les femelles font tout-à-fait femblables, fe peuvent reconnoiftre pour s'apparier, puifque l'Image naturelle des Sexes y eft auffi tout-à-fait femblable. Il faut répondre à cela, que cette Image ne confifte pas feulement dans la figure, mais encore dans les autres qualitez & accidens qui font propres aux Sexes, comme la voix, l'odeur, le mouvement, &c. Car les Perdrix, & les autres Oifeaux connoiffent leurs femelles par leur chant, les Chiens par l'odeur; & il eft vrai-femblable que les Animaux qui font muets, les diftinguent par le mouvement, ou par quelque autre circonftance qui nous eft inconnuë.

Concluons donc, que fi la Beauté fenfible confifte dans le jufte affemblage de toutes les difpofitions corporelles qui font propres à chaque efpece & à chaque fexe; & s'il y a dans l'ame des animaux vne image de cette beauté qui fait incliner l'animal à l'aimer, il ne faut pas douter qu'il ne la connoiffe & qu'il ne l'aime.　　　　QVE

QVE s'il eſt neceſſaire d'appuyer ces raiſons par des experiences, celle que l'on a des Chiens & des Chats qui connoiſſent celuy de leurs petits qui ſera le plus parfait, monſtre évidemment qu'ils ont connoiſſance de la Beauté qui regarde l'eſpece. Car ſi on tranſporte leurs Petits hors de leur giſte quand ils ſont fort jeunes, ils les y reportent incontinent ; mais ils commencent toûjours par celuy qui ſe trouve à la fin eſtre le plus beau de tous. Et je ne doute point que ce diſcernement ne ſoit commun à tous les autres Animaux, & qu'ils ne connoiſſent ceux de leurs Petits qui ſont les mieux faits ; puiſque les Aigles chaſſent de leur aire ceux où ils remarquent quelque notable defaut. Car il n'eſt point neceſſaire de dire qu'ils les expoſent au Soleil pour les éprouver, & qu'ils abandonnent ceux qui ne le peuvent regarder fixement. Ils n'ont que faire de cette épreuve, dont l'obſervation auroit eſté bien difficile à faire, puiſqu'ils ont l'Inſtinct qui leur ſert de regle & de modele pour diſcerner ceux qui n'ont

B

pas la beauté qui est deuë à leur espece, & qui degenere par consequent de
la vertu qui leur est naturelle.

Mais il ne faut que considerer l'estat
où sont les Animaux quand ils sont en
amour. A voir les Pigeons rechercher
leurs femelles avec tant d'empressement,
faire sans cesse la roüe à l'entour , battre ceux qui les approchent , gemir &
grommeler , pour témoigner sans doute la langueur & la colere amoureuse
que la jalousie leur inspire, enfin se re-
concilier ensemble par des baisers mu-
tuels. Qui ne diroit que ce sont là les
mesmes marques que les Hommes donnent de l'amour qu'ils ont pour les belles personnes ; & qu'il faut que la passion que ces Oiseaux témoignent à leurs
femelles, tire, comme la leur, son origine de la Beauté?

Que si sans vouloir s'arrester à ces
douces & tendres Amitiez qui se lient
par les baisers : car ils ne sont pas particuliers aux Pigeons, puisque les Tourterelles & les Corbeaux les employent
comme eux ; & peut-estre que si l'on
avoit bien observé la nature de tous les
Animaux , on en trouveroit beaucoup

d'autres à qui ils ne feroient pas inconnus. Si, dif-je, on veut des exemples de la Fureur amoureufe, laquelle fans conteftation ne peut eftre excitée que par la Beauté ; n'en trouvera-t-on pas dans les Cerfs, qui tout paifibles & timides qu'ils font , deviennent furieux quand ils font en rut ? Car l'amour & la jaloufie les tranfportent tellement qu'il n'y a point d'Animal qui foit en feureté auprés d'eux ; ils attaquent non feulement leurs rivaux , mais les hommes mefmes ; enfin tout les met en fougue, & tout leur fait ombrage. Et fans doute, à confiderer leurs yeux hagards & farouches , à les ouïr bramer à tous momens, à voir l'agitation & l'inquietude continuelle où ils font ; & comme aprés cela ils deviennent triftes , maigres & difformes, & qu'ils fe vont cacher dans leurs forts les plus écartez & les plus folitaires ; on jugera facilement que ce font là les veritables fymptomes de la maladie Erotique, qui comme nous avons dit , ne vient jamais que des bleffures que la Beauté fait dans l'ame.

Mais quoy ! fi c'eft elle qui excite cette paffion aux Animaux , pourquoy

ne la leur fait elle fentir qu'en certaine
faifon, puifqu'elle leur eft toûjours prefente, & que les Images qu'ils en ont la
leur peuvent faire connoiftre en tout
temps, & la leur faire aimer auffi ; s'il
eft vray que ces Images ne donnent pas
feulement la connoiffance mais encore
l'inclination.

Pour refoudre cette difficulté, il faut
obferver que l'Amour des Animaux eft
deftinée par la Nature pour les faire
apparier, & qu'elle ne les engage à cette action que lors que les humeurs y font
difpofées : Or elles y font difpofées par
la fermentation des Efprits qui s'enflent
en certain temps. Car ce n'eft pas l'A-
me qui en eft la premiere caufe, puifque cette fermentation ne laiffe pas de
fe faire quand ils ont perdu la vie ; &
que la chair des Cerfs que l'on a falée
bouïllonne & fe fermente dans les fa-
loirs au mefme temps qu'ils euffent efté
en rut : Tout de mefme que l'efprit ni-
treux qui monte dans la vigne pour la
faire fleurir, & qui fe conferve dans le
vin, s'éleve au mefme temps dans les
tonneaux & y fait auffi fleurir le vin.
Ce font donc les Efprits qui s'enflent

d'eux-mefmes en certaines faifons, &
qui ont des revolutions conformes à
leur Nature. Car il y en a de diverfes
fortes felon la differente conftitution
des efpeces : C'eft-pourquoy il y a des
Plantes qui fleuriffent pluftoft les vnes
que les autres, & des Animaux qui s'ap-
parient en diverfes faifons, parce que
les efprits qu'ils ont fe meuvent en divers temps. Car quoy que l'Ame ne
foit pas la premiere caufe de ce mouvement, elle ne laiffe pas de le diriger à
fes fins; & comme elle fait fervir les excremens mefmes à des chofes vtiles, elle ménage auffi ce mouvement pour la
confervation des Efpeces.

Quoy qu'il en foit, quand les Efprits
viennent à fe fermenter ils fe répandent
en toutes les parties & les chatouillent;
& le fentiment que l'imagination en con-
çoit réveille les Images naturelles qui
font deftinées à la generation, & qui
font reffouvenir les Animaux de tout ce
qu'ils doivent faire en cette rencontre.
Alors ils entrent en amour, ils recherchent leurs femelles ; & quand ils ont
des petits ils les nourriffent & en ont
foin tandis qu'ils font foibles. Mais

aprés cela l'Amour qu'ils avoient pour les vns & pour les autres s'éteint tout-à-fait; non seulement parce que la fermentation des Esprits cesse en ce temps-là; mais encore parce qu'ils sont à la fin des leçons que les Images naturelles leur ont données, & qu'ils ont achevé tout ce qu'elles leur ordonnoient pour ce regard. Car comme nous avons dit en nostre Systeme, toutes ces Images sont placées dans l'ordre que demande la fin où elles sont destinées; de sorte que l'Ame va de l'vne à l'autre jusques à ce qu'elle soit parvenuë à la derniere où elle s'arreste, s'il ne se fait vne nouvelle fermentation qui la remette à ses premieres leçons. Ce qui arrive ordinairement chaque année; quoy qu'il y en ait où elle se fait deux fois l'an, & quelques-vns mesme où elle arrive chaque mois, comme les Pigeons.

Qu'il y a des amitiez delectables entre les Animaux.

ARTICLE II.

APRE's avoir montré que la Beauté peut exciter l'Amour entre les
Animaux, il ne fera pas difficile de perfuader qu'ils font fufceptibles des Amitiez Delectables , puifque celle de la
Beauté eft de ce genre-là, & qu'il femble qu'elle ne foit aimée que pour le feul
plaifir qu'elle donne. Car quoy qu'elle
ait fes vtilitez particulieres , elles font
tellement cachées dans les fecrets def-
feins de la Nature, que mefme la plufpart des Hommes ne fçavent pas pourquoy la Beauté leur plaift. Ie voudrois
bien que quelqu'vn me dift pourquoy
il aime mieux certaines couleurs que les
autres, pourquoy l'octave ou la quinte
luy plaifent davantage que les tierces ou
les quartes? peut-eftre diroit-il qu'elles
font en des proportions plus parfaites;
mais de fçavoir pourquoy ces proportions caufent plus d'agrément, c'eft ce
qu'on n'a point encore découvert.

B iiij

Il est certain qu'il n'y a rien de Beau ni de Bon qui ne soit convenable , & que ce qui est convenable perfectionne; mais de dire quelle est la perfection qu'il communique , c'est vn secret qui n'est le plus souvent connu que de la Nature. De sorte qu'il ne faut pas s'étonner si les Animaux , dont la connoissance est bien plus courte & moins éclairée que la nostre , ignorent l'vtilité qu'ils retirent de la Beauté , & s'ils ne la recherchent que pour le plaisir qu'elle leur donne.

On demandera sans doute pourquoy l'Instinct qui leur fait connoistre cette Beauté , ne leur donne pas la connoissance de l'vtilité qu'elle apporte , puisque c'est là fin & la perfection de toutes les actions. Il faut dire que l'Instinct ne donne point d'autre connoissance que celle des choses qui sont tout-à-fait necessaires de sçavoir ; & qu'il n'est point necessaire que les Animaux connoissent l'vtilité qu'ils tirent de ce qu'ils font , pourveu qu'ils en jouïssent en effet. Quand il leur donne l'inclination de s'apparier, ils ne sçavent point que c'est pour conserver leur espece ; quand la

Fourmy ronge le grain de bled, elle ne
fçait point que c'eft pour empefcher qu'il
ne germe; parce que fans toutes ces con-
noiſſances ils ne laiſſent pas de parve-
nir à la fin que toutes ces actions doivent produire. Car outre que la Nature ne leur a donné les Images naturelles
que comme vn memorial, où tout ce
qu'elles enfeignent eſt en abregé; la Fin
eſt vne cauſe fi noble qu'elle en a refer-
vé la connoiſſance à la Raiſon & à l'Intelligence, qui font les plus nobles de
toutes les facultez; encore faut-il qu'elles foient bien éclairées. Mais ce n'eſt
pas icy le lieu d'approfondir cette matiere.

Qu'il y a des Amitiez honneſtes entre les Animaux.

ARTICLE III.

LA queſtion qui nous reſte à faire
ſur les Amitiez des Animaux, eſt
de ſçavoir s'il y en a d'honneſtes parmy
eux. Car quoy qu'il femble que l'hon-
neſteté des actions foit propre & particuliere à l'Homme, & que les Beſtes ne

foient point fufceptibles d'vne chofe qui
eft infeparable de la vertu, & qui en eft
comme l'Ame & la forme. Neantmoins
s'il en faut croire les experiences jour-
nalieres que nous en avons, & celles
que les Hiftoires nous en ont laiffées,
il n'y a point de verité dont on puiffe
moins douter que de celle-là. Car fans
parler de l'Amour qu'ils ont pour leurs
Petits, qui eft fi neceffaire, fi jufte, & fi
defintereffée ; ni de celle des Tourterelles, des Corneilles, & des Cicongnes, qui
gardent toûjours la fidelité au pair avec
qui elles fe font liées d'amitié, & qui
ne s'engagent plus à d'autres affections
quand elles l'ont perdu. En pourroit-
on trouver vne plus honnefte & plus
raifonnable que celle que leur donne la
reconnoiffance du bien qu'ils ont receu?
Car ce n'eft point l'Inftinct qui la fait
naiftre, comme on pourroit dire des autres, puifque l'Inftinct ne regarde point
les chofes fortuites & contingentes : elle
vient du fouvenir qu'ils ont du bien-fait,
& de la juftice qu'il y a d'en fçavoir gré
à ceux de qui on l'a receu.

On nous dira peut-eftre que cette A-
mitié eft intereffée, & qu'ils n'aiment

ceux qui leur ont fait du bien , que dans
l'efperance qu'ils ont d'en recevoir encore d'autre , & qu'ainfi elle ne merite
pas d'eftre au rang de celles qui font
honneftes. Mais quelle vtilité fe pouvoit
propofer le Lion, dont Seneque dit avoir   ii. *de benef.*
efté le Spectateur , qui reconnut fon
bienfaicteur dans l'amphitheatre , & qui
non feulement le careffa au lieu de le
devorer , mais encore qui le deffendit
contre les autres Beftes aufquelles on
l'expofoit, & qui aprés cela ne le voulut
plus abandonner.

Quel intereft ont eu ces Animaux,
qui de defefpoir fe font laiffé mourir
voyant que leur Maiftre avoit perdu la
vie, comme le Cheval de Nicomede &
celuy de Scanderberg, comme le Chien
de Sabinus & celuy de Hieron. Aprés
ces exemples & mille autres femblables,
dont tous les Siecles ont efté les té-
moins, pourroit-on douter que ces Amitiez ne fuffent pas honneftes ? Neantmoins quand je les appelle ainfi, je ne
pretens pas qu'elles le foient comme celles des Hommes. Car pour en parler
fainement elles ne le font que dans la
matiere & non pas dans la forme : La

veritable Honnesteté des actions ne se trouvant qu'où il y a de la liberté, dont les Bestes sont privées, comme nous avons monstré ailleurs.

Ce sont là les preliminaires du discours que nous avons à faire des Amitiez particulieres qu'on a observées dans les Animaux. Mais avant que de s'engager en ce détail-là, il faut observer qu'il y a cinq sources generales de ces Amitiez.

Quelles sont les causes en general de l'Amitié des Animaux.

ARTICLE IV.

LA premiere est la *Ressemblance de nature*, ou considerée dans les *Genres*, comme celle des Pigeons & des Tourterelles, qui s'entr'aiment parce qu'elles sont d'vn mesme genre; la Tourterelle estant vne espece de Colombe, au jugement d'Aristote; Ou considerée dans les *Especes*. Mais *l'Espece* comprend premierement *tous les Individus* qu'elle contient; car il y a des Animaux qui aiment tous ceux de leur espece, comme

ceux qui s'attrouppent enfemble : En
fecond lieu elle comprend les *Sexes* feulement, d'où vient l'amitié des Mafles &
des Femelles : En troifiéme lieu, *les Peres & leurs Petits* qui s'aiment les vns
les autres. Enfin la reffemblance de nature eft encore confiderée *dans les Tem-
peramens*, car il y a des Amitiez entre
les Animaux d'vne mefme efpece, qu'on
ne peut rapporter qu'à l'humeur & au
temperament qu'ils ont femblable, comme il y en a parmy les hommes qui n'ont
point d'autre fondement que celuy-là.

La feconde fource eft le *Vivre*. Car
les Animaux aiment les alimens qui leur
font propres ; ceux qui les leur fournif-
fent ; & ceux qui leur aident à les trouver, comme la Baleine aime l'Hegemon
qui l'advertit de la proye qu'elle doit
prendre.

La troifiéme eft *la Seureté* qui leur
fait aimer la focieté, par le moyen de
laquelle ils font plus forts pour fe deffendre de leurs ennemis. Secondement
elle leur donne de l'amitié pour ceux
qui les gouvernent ou qui les conduifent, comme les Abeilles aiment leur
Roy, & les Cailles l'Ortygometra qui

eſt leur conducteur. En troiſiéme lieu ils aiment ceux qui les deffendent de leurs ennemis, comme les Roſſignols aiment le Paon, parce qu'il fait fuir les ſerpens qui leur font la guerre.

La quatriéme ſource eſt la *Societé*, & la *Couſtume* d'eſtre enſemble. Car quelque differens d'eſpece & d'humeur qu'ils ſoient, ils s'apprivoiſent par là les vns avec les autres, & contractent à la fin quelque ſorte d'Amitié, qui leur donne de la peine quand ils ſont contraints de ſe ſeparer.

La cinquiéme eſt la *Commodité*, qui comprend les ſoins qu'on a d'eux, les careſſes qu'on leur fait, & le plaiſir qui ne regarde point les neceſſitez de la vie.

Il y a encore de certains Lieux qu'ils aiment; mais c'eſt toûjours pour quelqu'vn des motifs precedens: car c'eſt ou parce qu'ils y trouvent dequoy ſe nourrir, ou parce qu'ils y ſont en ſeureté, ou qu'ils y rencontrent le ſexe qu'ils aiment, ou qu'on leur y fait des careſſes.

A toutes ces cauſes il faut joindre encore le Temperament, qui fortifie, ou affoiblit les Inclinations qu'elles ont fait

naiſtre. Car quoy que la pluſpart des
Animaux aiment ceux qui les nourriſſent, qui les deffendent, & qui les ca-
reſſent : quoy que tous les maſles ayent
de l'amour pour leurs femelles, & les
femelles pour leurs petits : Ces Inclinations neantmoins ſont plus fortes, ou
plus foibles, non ſeulement dans les
Eſpeces, mais encore dans les Individus. Mais la principale, & la plus ordinaire cauſe de cette diverſité vient
du divers temperament dont les vns &
les autres ont eſté pourveus ; ſelon qu'il
eſt plus chaud ou plus froid, plus ſec ou
plus humide, ces Inclinations ſont plus
ardentes ou plus laſches. Car la chaleur
& l'humidité animent toutes les puiſſan-
ces de l'ame, & les rendent plus mo-
biles : La froideur & la ſechereſſe les
affoibliſſent & les arreſtent : nous parlerons encore de cela au ſecond Article de la ſeconde Partie.

Or comme l'Amour ſuit toûjours la
connoiſſance, il faut que les Animaux
connoiſſent toutes les choſes qu'ils doivent aimer. Et parce qu'il y a deux ſortes de *Connoiſſance*, l'vne qui vient de
la Nature, & l'autre qui vient de l'Ex-

perience; il eſt certain qu'il y en a quelques-vnes que l'Experience ne leur
peut faire connoiſtre, & dont la Nature toute ſeule leur donne la connoiſſance par le moyen des Images qu'elle
imprime dans leur ame au poinct de
leur naiſſance, dans leſquelles conſiſte
l'*Inſtinct*, comme nous avons amplement monſtré en noſtre Syſtéme.

C'eſt donc par elles que les Animaux
connoiſſent ceux qui ſont de leur Eſpece, & ceux que la Nature a deſtinez
pour les gouverner. Les Maſles & les
Femelles ſe connoiſſent encore ainſi; ils
connoiſſent meſme leurs Petits par ce
moyen-là. Mais il eſt vray-ſemblable
que leurs Petits ne les connoiſſent pour
Peres que par l'vtilité qu'ils en reçoivent, & par la couſtume qu'ils ont de
les voir, & d'eſtre avec eux. En effet,
quand vne Poule a couvé les œufs d'v-
ne Canne ou d'vne Perdrix, les petits
qui en ſont éclos la reconnoiſſent pour
mere, ils la ſuivent & l'aiment comme
feroient ſes propres poulſins. Cependant,
cette connoiſſance & cette amitié ne
peuvent venir des Images naturelles;
parce que c'eſt par hazard que la Poule
leur

leur fert de mere, & il n'y a point d'Inftinct, ni d'Image naturelle pour les chofes contingentes.

La raifon donc pour laquelle la Connoiffance que les Peres ont de leurs Petits vient de l'Inftinct, & que celles que
les Petits ont pour leurs Peres n'en procede pas, c'eft que les Images naturelles
ne fe donnent que pour des chofes très-
importantes, & dont la connoiffance
ne fe peut avoir par d'autre voye : Or
il eft affuré que la confervation de l'efpece eft vne des chofes la plus confiderable qu'il y ait dans la Nature, &
que la connoiffance ne s'en peut aque-
rir par l'Experience, parce qu'elle regarde vne fin trop élevée, où l'Ame des
beftes ne fçauroit atteindre. Mais il femble qu'il n'y a aucune neceffité pareille
qui oblige les Petits à connoiftre ceux
qui les ont engendrez ; & la feule experience qu'ils ont des foins que ceux-cy
prennent d'eux, tant à les nourrir, qu'à
les deffendre, & la communication mutuelle qu'ils ont enfemble, leur en donne
toute la connoiffance qui leur eft neceffaire.

Il y a encore de certains Alimens &

C

de certains Remedes que les Animaux connoiſſent par Inſtinct. Pour tout le reſte, c'eſt l'Experience qui leur en donne la connoiſſance : car le Chien connoiſt & aime ſon Maiſtre par l'épreuve qu'il a faite du ſoin qu'il a de luy, tant pour ſon vivre, que pour les careſſes & le plaiſir qu'il luy donne.

Tout cela eſtant preſuppoſé, pour executer avec quelque methode le deſſein que nous avons entrepris, il faut parler premierement des Amitiez qui ſe remarquent entre les Animaux de meſme eſpece; puis de celles des Animaux, qui ſont d'vne eſpece differente. De ſorte que ſelon ce projet le reſte de ce diſcours aura deux parties, dont la premiere ſera diviſée en cinq articles. Car le premier contiendra le catalogue des Animaux qui aiment tous ceux de leur eſpece. Le ſecond ſera des Amitiez qui ſe trouvent entre les Sexes. Le troiſiéme, de ceux qui aiment leurs Petits. Le quatriéme, de ceux qui aiment leurs peres. Le cinquiéme, de ceux qui aiment leurs Rois & leurs Chefs.

La ſeconde Partie aura auſſi cinq articles, comme on verra en ſuite.

Des Amitiez particulieres qui se trouvent entre les Animaux de mesme espece.

PARTIE II.

Des Animaux qui aiment tous ceux de leur espece.

ARTICLE I.

QVoy que tous les Animaux de mesme espece deussent avoir ensemble vne amitié mutuelle, à cause qu'ils sont vnis par les principes de leur nature, & par les Images naturelles qui leur donnent la connoissance, & l'inclination pour leurs semblables. Neantmoins parce qu'il y a d'autres causes qui empeschent l'effet de cette Inclination, il y a aussi de certaines Especes où cette Amitié ne se trouve point du tout. C'est ordinai-

C ij

rement le vivre qui cauſe la diviſion
parmi eux ; parce que c'eſt par luy qu'ils
ſubſiſtent , & que la conſervation de
l'Individu va devant toute autre conſideration. C'eſt pourquoy il y a peu
d'Animaux farouches & carnaciers qui
s'entre-aiment : les Lions, ni les Aigles,
ni les Eſperviers ne ſouffrent point de
compagnons, & veulent eſtre ſeuls ; parce qu'eſtans gourmans & avides, ils tiennent pour ennemis tous ceux qui peuvent leur oſter ou partager la proye ; &
qu'ils ne craignent rien eſtans forts &
courageux comme ils font. Les autres
qui s'attroupent , & qui font beſtes de
compagnie, ont amitié les vns pour les
autres pour deux raiſons. La premiere,
parce qu'ils trouvent leur ſeureté dans la
ſocieté qu'ils ont enſemble, n'eſtans pas
aſſez forts pour reſiſter tout ſeuls à leurs
ennemis, comme ceux qui font farouches. La ſeconde, parce que la couſtume qu'ils ont de ſe voir, & d'eſtre toûjours les vns avec les autres , les rend fa-
miliers, & les lie d'vne ſi eſtroite amitié , qu'il y en a qui témoignent de la
douleur quand on les contraint de ſe
ſeparer ; & d'autres qui s'entre-ſecou-

rent, foit quand ils font attaquez, foit quand ils font malades, comme nous allons monftrer.

Or quoy que cette Amitié foit commune à toutes les efpeces d'Animaux de cét ordre-là, nous ne voulons cotter que celles où elle eft la plus remarquable. Les premiers exemples que nous en donnerons, feront ceux des Animaux qui fe fecourent les vns les autres : car c'eft là vne des plus convaincantes marques de l'Amitié.

Lorfqu'vn *Daulphin* eft bleffé, les au- *Arift.* 9. tres accourent à luy pour le fecourir. *h.* 47. *Ariftote*, *Ælian* & *Pline* en donnent quantité d'exemples.

Cela eft facile à croire, puifque nous voyons tous les jours que les *Porcs* en font autant quand il y en a quelqu'vn qui fait connoiftre par fes cris qu'il eft en danger : car ils viennent à luy en foule, & grondent pour luy offrir leur fecours, ou pour luy témoigner la douleur qu'ils en ont. Pourquoy n'auroient-ils pas ce deffein, puifqu'il y a des Animaux qui témoignent la jaloufie qu'ils ont, qui eft vne forte de douleur ?

Les Rats & les Taupes en font autant que les Porcs. C iij

Opp.

Le *Chien de Mer* eſtant pris à l'hameçon, tous les autres y accourent comme s'ils vouloient perir avec luy, & ne ſe retirent point qu'il ne ſe ſoit ſauvé, ou qu'il ne ſoit entre les mains du Peſcheur.

Les *Gueſpes* ſe ſecourent auſſi quand elles ſont en peril : car Ariſtote dit que ſi on en prend vne par les pieds, & qu'elle vienne à bourdonner avec ſes aiſles, *Ariſt.* 9. *b.* 41. celles qui n'ont point d'aiguillon (car il y en a parmi elles qui n'en ont point) accourent à ſon ſecours : celles qui en ont vn n'y venant point. Ie trouve neantmoins quelque difficulté en ce paſſage, & je crains qu'il n'ait eſté alteré : car il n'eſt pas vray-ſemblable que celles qui n'ont point d'armes viennent ſecourir celle qui eſt en peril, & que les au qui en ont, l'abandonnent. En effet, il eſt ſi conforme à la raiſon & à la Nature, que le fort deffende le foible, & que le foible ne s'engage pas à le ſecourir; 5. *bis.* 41. qu'Ariſtote meſme aſſure que lorſque la Femelle de la Seche eſt bleſſée, le Maſle accourt à ſon ſecours; & que ſi c'eſt le Maſle qui le ſoit, la Femelle n'y vient point; parce qu'en tous les Animaux,

fi on excepte les Pantheres & les Ours, 9. *h*. 1.
le Mafle eft plus fort & plus courageux
que la Femelle. Or les Guefpes qui ont
vn aiguillon, font plus fortes & plus
courageufes que celles qui n'en ont
point ; non feulement parce qu'elles
font armées, mais encore parce qu'il eft
vray-femblable que ce font les Mafles, la
Nature n'ayant pas accouftumé de donner ni armes ni deffenfes aux Femelles. Il
y a donc lieu de croire que le texte d'A-
riftote a efté corrompu en cét endroit,
& qu'à mon avis on le pourroit corriger
en tranfportant la negative d'vn mem-
bre à l'autre. Car il porte προςπετῶνται
οἱ ἄκεντροι. οἱ δὲ τὰ κέντρα ἔχοντες ὐ προςπετῶνται. Car il faut lire, ὐ προςπετῶνται οἱ ἄκεντροι, οἱ δὲ τὰ κέντρα ἔχοντες
προςπετῶνται, *celles qui n'ont point d'aiguillon n'y viennent point, mais celles qui
en ont y viennent.*

Il y a vne Amitié mutuelle entre les
Brebis qui compatiffent enfemble quand
elles fouffrent du mal ; jufques là que
fi quelqu'vne eft malade, l'autre fe met
au devant d'elle pour luy faire ombre,
& la garder des rayons du Soleil.

Les *Bœufs* ont auffi amitié les vns pour

C iiij

les autres, & comme dit Saint Augu-
ftin, le Bœuf recherche le Bœuf, & ne
croit pas eftre tout entier quand il eft
tout feul : Si on le fepare de celuy qui
luy aidoit à porter le joug, il témoigne
par fes mugiffemens le déplaifir qu'il en
fouffre.

Le *Loup*, tout carnacier qu'il eft, ayant
trouvé quelque proye, y appelle les autres, & quoy qu'il ne le faffe qu'aprés
qu'il eft faoul, cela monftre neantmoins
qu'il a foin d'eux.

Le *Paffereau* en fait de mefme quand
il rencontre beaucoup de grain en quelque endroit ; il y fait venir fes compagnons. L'on dit mefme que l'vn & l'autre diverfifie fa voix felon la nature des
chofes qu'il a trouvées, & que le *Loup*
fait connoiftre par divers hurlemens fi
c'eft la charongne d'vn cheval, ou celle d'vn afne ; comme le Paffereau apprend aux autres par des accens differens, fi c'eft du Bled, de l'Orge, ou du
Millet. Cela fe rapporte à ce que Phi-
loftrate a dit d'Apollonius.

Aldrouandus parle de certains oifeaux
qui ne fe trouvent qu'en Boheme, aufquels il a donné le nom d'*Ampelides*,

parce qu'ils aiment les raifins; & comme il les a obfervez fort exactement, il dit qu'ils font de la grandeur des Merles, qu'ils ont vn beau plumage & vne houppe fur la tefte , & qu'ils s'aiment mutuellement , allant toûjours enfemble , & fe donnant les vns aux autres les fruits dont ils fe nourriffent. On eft en doute fi les Anciens les ont connus; Quelques-vns veulent que ce foient les Guefpiers ou Meropes d'Ariftote : d'autres ont creu que ce font ceux que Pline appelle *novas aves* , qui parurent en Italie au temps des guerres civiles; ou ceux qu'il appelle *Incendiarias*. Mais Aldrouandus refute toutes ces conjectures.

L'amitié que les *Fourmis* ont enfemble eft remarquable ; non feulement parce qu'elles vivent en commun, fans qu'il y ait jamais de divifion entre elles, comme il s'en forme fouvent entre les Abeilles; mais encore parce qu'elles ont foin de porter dans leur taniere celles qui fe trouvent mortes , & de les y enterrer.

Quoy que cette grande vnion qui eft entre *les Abeilles*, ne laiffe aucun doute de l'amitié qu'elles fe portent les vnes aux autres ; on peut neantmoins affeurer que celle des *Freflons* & celle des *Guefpes*, font plus parfaites & plus manifeftes que la leur. Car outre que ces deux derniers travaillent en commun, & fe donnent fecours les vns aux autres, comme les Abeilles ; ils ont cét avantage qu'il n'y a jamais de guerre parmi eux, qu'ils n'ont point de Princes qui troublent la paix & la concorde où ils font, & qu'ils ne font point

Arift. obligez de chaffer de leur Eftat les Effeins qui y naiffent, comme il arrive aux Abeilles.

La caufe de cette diverfité eft, que les Abeilles vivant ordinairement fix ou fept années, & multipliant beaucoup,

Arift. ont befoin de defcharger leur ruche de temps en temps, autrement il n'y auroit pas lieu pour y loger tous les Effeins qu'elles produifent pendant leur

Arift. vie. Mais les Freflons & les Guefpes qui meurent chaque année, ne font point obligez à cette décharge : c'eft pourquoy fans chaffer leurs petits, ils les laiffent demeurer avec eux, & augmentent le nombre de leurs cellules à

mefure que leur famille s'eſt accreuë.
Et comme il n'y a guere que la ſortie
des Eſſeins qui cauſe le trouble entre
les Abeilles, il ne faut pas s'étonner ſi
la paix regne toûjours parmy les Gueſpes & les Freſlons ; puiſqu'elles n'ont
point d'Eſſeins qui doivent ſe ſeparer
d'elles, ni point de Princes qui ſe puiſſent revolter, n'ayant point de Sujets
qui veüillent ſuivre leur party.

Des Amitiez qui ſe trouvent entre les Sexes.

Article II.

IL n'y a point d'Amitié entre les Animaux qui ſoit ſi forte & qui paroiſſe
davantage que celle qui ſe trouve entre
les Sexes, ſoit à l'égard du Maſle & de
la Femelle, ſoit à l'égard d'eux & de
leurs Petits: car elle eſt fondée ſur la conſervation des eſpeces, qui eſt le plus
puiſſant motif que la Nature ait en tous
ſes Ouvrages. Or quoy que cette Amitié deuſt eſtre égale en tous les deux
Sexes, puiſqu'ils contribuënt également
à cette fin: Neantmoins elle a eſté par-

tagée inégalement à l'vn & à l'autre.
Car l'Amitié du Mafle envers la Femelle eſt plus forte que celle de la Femelle envers le Maſle : & l'Amitié de la Femelle envers ſes Petits, eſt plus violente que celle que le Maſle a pour eux.

Cela paroiſt viſiblement dans l'Amour que la pluſpart des Animaux ont pour leurs Femelles. Car tout paiſibles & timides qu'ils ſont, ils deviennent hardis, turbulens, & paſſent ſouvent juſques à la fureur, ſans que rien de pareil ſe remarque dans les Femelles. Mais celles-cy deviennent à leur tour courageuſes & hardies pour deffendre & conſerver leurs Petits, pendant que les Maſles reprennent leur naturel, & leur laiſſent le ſoin de les nourrir & de les élever.

La raiſon de cette diverſité vient de ce que la Nature donne des Inclinations plus fortes, ſelon que les neceſſitez ſont plus grandes ; or la neceſſité du Maſle eſt plus grande dans la generation que celle de la Femelle, parce qu'il en eſt la premiere & la principale cauſe ; puiſque c'eſt luy qui donne l'efficace & la for-

me, qui commence & qui acheve l'ouvrage ; au lieu que la Femelle n'y contribuë que la matiere, le lieu, & la garde. Chacun d'eux a donc esté pourveu
de l'inclination proportionnée à la fonction qu'il doit faire, le Masle pour engendrer , & la Femelle pour élever ses
Petits. Ce n'est pas que celle-cy n'ait
aussi inclination pour engendrer, & que
le Masle n'en ait pour ses Petits : mais ces
Inclinations sont du second ordre, & ne
sont pas si fortes que les premieres, c'est
pourquoy l'Amour qui les suit est aussi
plus foible.

Cela neantmoins à ses exceptions, car
la *Femelle du Butor* est plus amoureuse
que le Masle ; c'est elle qui le sollicite &
qui l'excite à l'Amour par les frequentes visites qu'elle luy fait, & par l'abondance des vivres qu'elle luy apporte,
estant si paresseux qu'il se laisseroit mourir de faim sans le soin qu'elle en prend.
Au contraire *le Masle du Glanius* fait
toutes les fonctions de la Femelle ; il
garde ses œufs, il nourrit & éleve ses
Petits sans qu'elle s'en mesle en aucune
sorte, comme nous dirons cy-aprés.

Quoy qu'il soit tres-difficile & peut-

eſtre impoſſible de donner la raiſon
préciſe de ces irregularitez qui vont
contre l'ordre general de la Nature :
On peut neantmoins dire qu'il eſt fort
vray-ſemblable que le temperament en
eſt la principale cauſe : car nous voyons
qu'il a accouſtumé de fortifier ou d'af-
foiblir toutes les Inclinations, & celles
meſme que la Nature inſpire avec la
vie. Et cela vient de ce que chaque
temperament donne à l'Ame vne Inclination particuliere ; de ſorte que ſi
cette Inclination eſt conforme ou contraire à celles que l'Inſtinct, la Conformation ou l'Habitude produiſent, il faut
qu'elle les rende plus fortes ou plus foibles. Ainſi quoy que l'Inſtinct donne à
tous les Levriers vne Inclination naturelle pour la chaſſe ; il y en a neantmoins qui y ſont plus ardents, & d'autres qui y ſont plus laſches ; & cela ne
peut venir que du temperament qui a
plus ou moins de chaleur, & qui les rend
auſſi plus actifs ou plus pareſſeux. Et
pour ſe ſervir d'exemples appropriez au
ſujet où nous ſommes, il y a des Coqs
qui ſont naturellement ſi effeminez,
qu'ils font & ſouffrent la pluſpart des

chofes qui ne conviennent qu'à la Poule, ils couvent les œufs, ils ont foin des
Poulfins, ils ont les mefmes accens dont
la Poule fe fert à leur conduite : enfin
ils fe laiffent couvrir par les autres, &
femblent avoir oublié qu'ils font les
Mafles. Or cela ne peut venir que du
defaut de la chaleur qui eft propre à
ce Sexe. Et pour le dire en vn mot, toute la difference qui fe trouve dans les
Inclinations que l'Inftinct donne aux
Animaux, vient pour l'ordinaire du
Temperament, comme nous avons dit
cy-devant.

Comme la Nature a donc pourveu à
la confervation des Efpeces, par l'a-
mour que les Sexes ont l'vn pour l'autre, & par celle qu'ils ont pour leurs
Petits : Elle leur a partagé ces deux Inclinations de telle forte, qu'encore que
l'vn & l'autre les ayent toutes deux, il
y en a neantmoins vne qui eft plus forte
en l'vn qu'en l'autre, comme nous avons
dit cy-devant.

Mais s'il fe trouve que le temperament que chacun doit avoir refifte à ces
Inclinations, la Nature qui tend toûjours à fes fins, & qui ne fouffre pas que

les Efpeces foient privées des moyens neceffaires à leur fubfiftence, fupplée à ce defaut, & donne à l'vn des Sexes ce qui manque à l'autre, trouvant dans le Temperament de celuy-là moins de refiftence à ces premieres Inclinations, qu'il n'y en avoit en celuy-ci.

Pour fçavoir comment elle fait ce changement, il faudroit fe reffouvenir de ce que nous avons dit des Inclinations aux difcours preliminaires de l'Art de connoiftre les Hommes : où nous avons monftré qu'il n'y a point d'autre caufe generale qui les puiffe produire que les Images qui fe gardent dans la memoire ; & que felon qu'elles font plus reprefentatives & plus expreffives ; les Inclinations font auffi plus grandes & plus fortes. Car delà il s'enfuit que la Nature ayant donné à chaque Sexe deux Inclinations pour la confervation de leur efpece, il y en a vné dont les Images font plus expreffives, & l'autre où elles le font moins.

Quand donc le Temperament d'vn des Sexes refifte à ces premieres Inclinations, la Nature, pour fuppléer à ce defordre, ne fait autre chofe dans l'au-

tre

tre, que d'y rendre les Images qui cau-
sent ces Inclinations plus fortes & plus
expressives.

Mais de quelque façon que ce changement se puisse faire, il est certain que
le Temperament du Butor doit estre
froid & sec, comme il est aisé à juger
par la paresse, par la pesanteur, & par
la negligence qu'il a pour toutes les
actions de la vie. Et parce que cette
constitution n'est pas conforme à l'Inclination que le Masle doit avoir pour
la Femelle; la Nature a changé le par-
tage ordinaire qu'elle a fait aux autres,
& a donné à la Femelle du Butor l'Inclination qu'il devoit avoir : Le Temperament humide qu'elle a ne s'opposant
pas à cette Inclination, comme celuy
qui est sec. Car l'humidité estant la qualité la plus passive de toutes, est comme
essencielle au Sexe Feminin, qui tient
lieu de cause passive dans la Generation.

On en peut dire autant à proportion
du *Glanius*, que Pline nomme *Silurus*,
à qui la Nature a donné l'Inclination
qui devoit appartenir à sa Femelle. Car
celle-cy a vne humidité si mobile, qu'el-

D

Ie ne peut s'arrefter en place , & n'eft
pas propre à demeurer longtemps à la
garde de fes œufs & de fes Petits, comme le Mafle , dont la conftitution eft
plus ferme & l'humeur moins agiffante ; & qui eft obligé de demeurer quarante ou cinquante jours auprés d'eux,
pour les deffendre des infultes que les
autres poiffons leur pourroient faire,
comme nous dirons cy-aprés.

Or quoy que le fondement de ces A-
mitiez foit égal en tous les Animaux,
elles n'y font pas neantmoins égales. Le
Temperament qui eft propre à chaque
Efpece, & celuy que la nourriture & le
climat peuvent donner, y apportent de
la difference , comme nous avons dit.
C'eft pourquoy il y en a qui font plus
manifeftes les vnes que les autres , &
dont par confequent on a fait de plus
frequentes obfervations. Ce font de celles-là dont nous allons donner des exemples ; commençant par celles qui font
entre le Mafle & la Femelle ; & dans
l'article fuivant nous marquerons celles
qu'ils ont pour leurs Petits.

IL n'y a point d'exemples qui puiffent

mieux prouver la violence de l'Amour
que les Mafles ont pour leurs Femelles,
que ceux des Animaux qui font naturellement timides & dociles. Car le changement y eft fi grand & fi manifefte,
qu'il eft impoffible d'en douter, & à les
voir paffer de leur naturel doux & pai-
fible jufques à la fureur & à la rage, fans
qu'il paroiffe que leurs Femelles fouffrent rien de pareil, on doit bien eftre
perfuadé de ce que nous venons de dire que l'Amour des Mafles eft bien plus
violent que celuy des Femelles.

Nous avons déja parlé de l'extrême
jaloufie *des Cerfs*, & des fanglans com-
bats qu'ils font pour les Biches vers la
fin de l'Efté, quand ils font en rut. Mais
les Chameaux n'en font pas moins au
cœur de l'Hyver ; car durant quarante
jours qu'ils font en amour, ils deviennent furieux, & comme enragez. Vous   *Hieron. in*
les voyez les yeux enflammez & la bou-   *Hilarion.*
che pleine d'écume, faire des rugiffe-
mens horribles, *ftrident horribiliter*, ils
attaquent les Hommes & les Chameaux
qu'ils rencontrent ; & fans reconnoiftre
plus ni guides ni gouverneurs, ils fe
jettent fur eux, les mordent, & aprés

les avoir atterrez, ils les foulent aux pieds & les écrasent.

La mesme chose arrive *aux Elephans*, tout dociles qu'ils sont : car quoy qu'ils ne se battent point entre eux pour leurs Femelles, comme font les Cerfs & beaucoup d'autres Animaux ; neantmoins l'Amour les transporte tellement qu'ils tuent les hommes, renversent les maisons, & abbattent les arbres qu'ils trouvent en leur chemin.

Arist.6.hist. c. 18.

Or si l'Amour cause de si violens transports en ces sortes d'Animaux, qui sont d'vn naturel doux & paisible, que ne fera-t-elle point en ceux qui sont naturellement coleres & farouches, tels que sont *les Lions, les Ours, les Loups, & les Sangliers, &c.*

Arist.6.hist.

Il est vray qu'Aristote dit que ces Animaux se battent rarement avec les autres, πρὸς ἀλλήλοις ἧττον μάχονται, parce qu'ils vont toûjours seuls. Ce qui pourroit faire croire que leur fureur amoureuse est moindre que celle des Cerfs & de tant d'autres qui attaquent leurs rivaux. Mais si on examine bien ses paroles, on verra qu'elles ne sont point contraires à la verité. Il veut donc dire qu'ils

Arist.ibid.

ne se battent point quand ils ne sont
pas en amour ; parce qu'alors ils vont
ordinairement tout seuls : Mais quand
l'Amour les a saisis, ils s'attroupent pour
suivre leurs femelles, & se battent fu-
rieusement ensemble. En effet, Leon
dans son Afrique dit qu'au temps du
rut vne seule Lionne est souvent pour-
suivie par vne douzaine de Lions, &
qu'ils se battent cruellement les vns les
autres, *Tunc cruentam inter se exercent*
pugnam. Et pour monstrer que c'est là le
sentiment d'Aristote, il ne faut que lire l'endroit où il en parle. Car aprés
avoir dit que les Chevaux & les Taureaux, les Beliers & les Boucs qui vivent si paisiblement ensemble, deviennent furieux, & se font la guerre au
temps qu'ils sont en amour ; il adjouste:
La mesme chose arrive aux Animaux sau-
vages ; car les Ours, les Loups & les Lions
attaquent tous ceux qu'ils rencontrent ;
quoy que ce soient des Animaux qui n'ont
pas accoustumé de se battre ensemble, à cau-
se qu'il n'y en a pas vn d'eux qui soit beste
de compagnie : Voulant dire qu'allant
toûjours seuls, ils n'ont point d'ennemis à combattre. De sorte que si la

mefme chofe arrive, comme il dit, aux
Animaux fauvages, il faut qu'ils fe battent enfemble pour leurs Femelles,
puifque les Animaux domeftiques le
font. Et mefme fi les Chevaux, les
Taureaux & les Beliers ont accouftumé de fe faire la guerre lors mefme
qu'ils ne font pas en amour; il s'enfuit
que les Animaux fauvages, qui ne fe
battent jamais quand ils ne font plus
en rut, & qui fe font vne fi cruelle
guerre lorfqu'ils y font, font tranfpor-
tez d'vne fureur plus violente, puifqu'
elle leur fait faire vne chofe fi éloignée
de leur couftume.

Ces combats-là ne fe font pas feulement entre les Animaux terreftres,
mais encore entre les Poiffons. Dans
l'efpece de celuy qui fe nomme *Sargus*,
les Mafles fe battent entre eux pour les
Femelles, & celuy qui eft le vainqueur,
eft le Maiftre de toutes.

Ojpian.

------- *Sargi cara pro conjuge certant,*
Decernunt miferi durâ connubia pugnâ;
At fi quis tanto fuerit certamine victor,
Conjugibus cunctis vir tantùm fufficit vnus.

Oppian.
Ælian.

Le *Cantharus*, ou la *Bréme* en fait autant; mais il ne combat que pour vne

feule. * Ariſtote dit la meſme choſe des *9. hiſt. 8.
Perdrix ; les Maſles ſe battent, & ce-
luy qui a vaincu eſt l'vnique poſſeſſeur
de la Femelle.

Le *Merle de mer* eſt le plus jaloux de Ælian.
tous les poiſſons, quoy qu'il aime beau- Oppian.
coup de Femelles ; car il les garde ſoi-
gneuſement, & ſur tout quand elles font
leurs œufs, demeurant à l'entrée de leur
grotte, afin qu'aucun ennemi n'y puiſſe entrer ; & ſi quelqu'vn s'y preſente,
il l'attaque & le chaſſe.

Il y a d'autres Amitiez entre les Se- Oppian.
xes qui ſont plus tranquiles que celles-
là. Car il n'y a point de jalouſie entre
les *Dauphins*, qui tous enſemble vont
en compagnie de leurs Femelles, mettant leurs Petits au premier rang, leurs
Femelles au ſecond, & prenant eux-
meſmes le troiſiéme.

Le Maſle des *Choüettes*, au rapport
d'Athenée, aime tellement ſa Femelle,
qu'il ſe met dans le hazard de mourir
pour ne la quitter point ; & quand l'vn
d'eux vient à mourir, l'autre garde vne
perpetuelle viduité. Ce qu'elles ont de Ariſt. 9. 7.
commun avec les Ramiers, les Tourte-
relles & les Corneilles.

D iiij

Pline dit qu'il n'y a point d'animal ſi chaſte que la *Colombe*, car le maſle & la femelle ſe gardent toûjours fidelité. Quelques-vns adjouſtent que quand l'vn eſt mort, l'autre ne convole plus à de ſecondes nopces. Mais ſi Pline entend par le mot de Colombe toutes les cinq eſpeces qu'Ariſtote a miſes ſous ce genre-là, ce qu'il dit n'eſt pas veritable. Car les Pigeons ne gardent pas toûjours la fidelité à leur Pair ; c'eſt pourquoy les Maſles ſont jaloux de leurs Femelles, & les chaſtient quand ils les ont trouvées en faute. Et à ce propos, je me ſouviens que la Femelle d'vn Pigeon patu eſtant ſortie de ſon nid, le Maſle prit ſa place pour couver ſes œufs, comme cela ſe fait ordinairement ; mais la Femelle n'eut pas pluſtoſt quitté le nid, qu'vn autre Pigeon la couvrit. Son pair qui eſtoit dans le nid, ayant veû cela, deſcend, & ſe jette ſur l'adultere ; & aprés l'avoir chaſtiée à coups de bec & d'aiſles, remonte à ſon nid, & fait tomber à terre les œufs qui y eſtoient, ne voulant pas ſans doute élever des Petits qu'il ne croyoit pas legitimes.

La chaſteté n'eſt donc pas vne vertu

Ariſt. ibid.

qui foit commune à toutes les Colombes, elle n'eft propre qu'aux Ramiers & aux Tourterelles, & principalement à ces dernieres. Car celle qui furvit fon pair, gemit inceffamment, vole toûjours toute feule, ne fe repofe que fur les branches des arbres qui font feches & fans verdure, trouble l'eau qu'elle boit de peur que fa figure ne la faffe fouvenir de fa perte; & fait enfin connoiftre fa douleur & fa viduité en toutes fortes de manieres.

Arift.9.hift.

Sola volat Turtur, nitidis nec potat in vndis,
Ne comitis prifci triftetur imagine vifa:
Nec viridi poft hæc fertur confidere ramo.

Mantuan.

Mais la plufpart de ces circonftances me font fort fufpectes, auffi bien que celles que nous avons rapportées du Merle de mer. Il y a grande apparence que la Poëfie s'eft bien joüée là-deffus, & que felon fa couftume, elle a encheri fur la verité.

Plutarque dit que la *Femelle de l'Alcion* aime tellement fon pair, qu'elle ne l'abandonne jamais, & que quand la vieilleffe l'a rendu foible & pefant, elle le porte, & le nourrit. Mais pourquoy ne dit-on pas auffi cela du Mafle: car

à les voir on n'en peut diftinguer le fexe? Il eft donc vrayfemblable que cette
Amitié eft mutuelle, & que reciproque-
ment ils fe rendent ces devoirs l'vn à
l'autre.

On ne peut pas dire la mefme chofe
du *Butor* : car il eft certain que toute
l'amitié qui fe trouve en cette efpece
eft renfermée dans la Femelle, c'eft elle feule qui va chercher fon pair, qui le
nourrit, qui luy fait l'amour, & qui éleve fes Petits. Enfin il n'y a qu'elle qui
ait foin de fa famille & de fon ménage; & l'on pourroit dire que c'eft la plus
fage femme du plus heureux mary qui
foit entre les Animaux. Nous avons dit
cy-devant la raifon de cette fingula-
rité.

La *Scorpene*, qui eft vne efpece de
Scorpion de mer, au rapport de Saint
Ambroife, garde la fidelité à fon pair,
*Scorpæna caftitatem immaculati connubii ge-
neri fuo fervat.*

Nous avons déja remarqué que le
Mafle de la *Seche* va au fecours de la
Femelle, quand elle eft bleffée, & que
fi c'eft le Mafle qui le foit, la Femelle
s'enfuit. ὁ μὲν ἄρρlω βοηθεῖ τῇ θηλείᾳ, ἡ

δὲ θηλεῖα φεύγει, τῦ ἄῤῥωος πληγέντος.

C'eſt Ariſtote qui rapporte cela. Cependant, Bodin luy fait dire tout le contraire ; car il dit que c'eſt la Femelle qui va au ſecours du Maſle, & cite là-deſſus le paſſage d'Ariſtote.

S'il eſt vray que les *Guefpes* qui n'ont point d'aiguillon, en ſoient les Femelles, comme il eſt fort vray-ſemblable, & ſi les Maſles vont à leur ſecours quand elles ſont en peril, c'eſt vn exemple qui fait voir que meſme dans les Inſectes l'amitié des Maſles envers les Femelles eſt plus grande que celle des Femelles envers les Maſles.

Nous avons dit qu'il eſt vray-ſemblable que les Guefpes qui n'ont point d'aiguillon ſont les Femelles ; parce que la Nature n'a point accouſtumé de donner aux Femelles les armes qui ſont naturelles aux eſpeces ; du moins elle n'en prive jamais les Maſles pour les donner à celles-cy ; & par conſequent il faut que celles qui ont vn aiguillon ſoient les Maſles, puiſqu'elles ſont armées, & que les autres qui ne le ſont point ſoient les Femelles. Il eſt inutile de dire là-deſſus que toutes les Abeil-

4. hiſt. vlt.

les ont vn aiguillon, quoy qu'il faille qu'il
y ait des Femelles parmi elles. Car il n'y
a point diſtinction de ſexe, non plus qu'en
quelques autres Animaux, chacune eſtant maſle & femelle tout enſemble, chacune faiſant la fonction des deux ſexes :
car elles ſont armées comme maſles, &
ont ſoin de leurs Petits comme Femelles. Auſſi perſonne n'a jamais pû
remarquér qu'elles s'accouplent, comme on l'a obſervé dans les Gueſpes.

Ariſt. 3. de
part. 15.
Ariſt. 9.
hiſt. 41.

Des Animaux qui aiment leurs Petits.

ARTICLE III.

LA Nature auroit vainement inſpiré aux Animaux le deſir d'engendrer leur ſemblable, pour en conſerver les eſpeces, ſi elle ne leur avoit encore donné l'inclination de les nourrir
& de les deffendre lorſqu'ils ſont foibles. Que leur ſerviroit pour ce deſſein-
là d'avoir fait des Petits, ſi ceux-cy venoient à perdre la vie incontinent aprés?
Elle leur a donc inſpiré de l'amour pour
eux, afin qu'ils euſſent ſoin de les élever. Et cette Amour n'a point d'autre

fource que la confervation de l'efpece·
Car elle ne vient pas , comme on dit
communément, de ce que leurs Petits
font comme vne partie d'eux-mefmes,
& qu'ils aiment en eux la portion de leur
eftre, qu'ils leur ont communiquée. Si
cela eftoit veritable , ils les aimeroient
toûjours; & l'experience nous apprend
qu'ils n'ontde l'Amour pour eux que lors
qu'ils font jeunes , & qu'ils ne font point
en eftat de pouvoir fe nourrir eux - mefmes, ni fe garentir des dangers aufquels
ils font expofez.C'eft pourquoy elle dure
plus ou moins de temps , felon qu'ils ac-
quierent plus toft ou plus tard les forces
qui leur font neceffaires. Aprés cela elle
s'éteint tout à fait, & les vns & les autres
fe traitent alors comme s'ils eftoient de
differente famille. Or ce font les Femelles qui font principalement deftinées
pour l'éducation des Petits, & qui ont
auffi plus d'amour pour eux , que n'en
ont pas les Mafles, pour les raifons que
nous avons dites cy-devant. Mais quoy
que les foins qu'elles en doivent prendre deuffent eftre égaux en toutes les
efpeces , parce que le befoin y eft égal,
du moins en certain temps ; il y en a

neantmoins qui ont plus de tendreſſe, plus d'ardeur & plus d'inquietude pour eux les vnes que les autres; ce ſont celles-là dont nous allons donner des exemples.

Generalement parlant , les Oiſeaux ont plus d'amour pour leurs Petits, que le reſte des Animaux. Car ſans parler des Inſectes dont la pluſpart ne voyent jamais leur poſterité pendant la vie ſi-toſt qu'ils ont fait leurs œufs ; & que les œufs des autres , comme ceux des Abeilles & des Gueſpes, ſe changent en Vers , & puis aprés en Chryſalides qui n'ont point beſoin de nourriture pendant qu'ils ſont en cét eſtat, & qui aprés avoir pris leur forme naturelle, pourvoyent d'eux-meſmes à leur ſubſi-ſtance ſans avoir beſoin du ſecours de leurs peres; ſans parler , dis-je de ces Animaux imparfaits , qui ſont privez d'vne inclination qui leur auroit eſté inutile; Il eſt certain qu'entre les Poiſ-ſons , il n'y a que ceux qui font leurs Petits vivans, comme les Dauphins & les autres cetacées , qui puiſſent eſtre touchez de l'amour de leurs Petits. Car le reſte des Poiſſons , ſi on excepte le Glanius, & quelques autres qui ſont en petit nombre, abandonnent ordinairement leurs œufs aux ondes, qui les emportent & les écartent çà & là sans qu'ils les puissent plus rejoindre. Quant aux Bestes à quatre pieds, il y en a à la verité qui ont beaucoup d'amour pour leurs Petits ; mais elle n'est pas comparable à celle des Oiseaux, comme il est aisé à juger par l'assiduité que ceux-cy ont à faire leurs nids & à couver leurs œufs, par les soins merveilleux qu'ils prennent de nourrir leurs Petits, de les garder, & de les instruire ; & par les cris & les efforts qu'ils font contre ceux qui les leur enlevent.

Qu'on ne nous objecte point que le Corbeau, bien loin d'avoir de l'amour pour ses Petits, les abandonne si-tost qu'ils sont éclos, & que ne les voyant point noirs comme luy, il les méconnoist, & les prend pour des enfans supposez, sans les vouloir nourrir. Cela n'est point veritable, & cette erreur n'est venuë que de la mauvaise intelligence du Pseaume 146. qui porte que Dieu nourrit les Petits des Corbeaux qui l'invoquent. *Qui dat escam pullis Corvorum invocantibus eum.* Car ceux qui ont mis en credit cet-

_te fable , ont jugé par ces paroles, qu'il faloit que les Corbeaux abandonnaſſent leurs Petits , puiſque ceux-cy avoient recours à Dieu , & que ſa Providence prenoit le ſoin de les nourrir. Mais ils n'ont pas pris garde que c'eſt là vne façon de parler Hebraïque, & que le *Pulli Corvorum* ne s'entend pas ſeulement des Petits des Corbeaux, mais des Corbeaux meſmes, comme le παῖδες ἰατρῶν des Grecs ne ſignifient pas ſeulement les fils des Medecins, mais les Medecins meſmes. De ſorte que le Prophete ne veut dire autre choſe, ſinon que Dieu pourvoit à la vie de tous les Animaux ; & qu'il a ſoin que les Corbeaux trouvent de quoy vivre , & de quoy nourrir leurs Petits , comme Iob avoit dit devant luy : *Quis præparat Corvo eſcam ſuam quando Pulli ejus clamant ad Deum , vagantes ex eo quòd non habeant cibos ?* La raiſon meſme qu'ils ont apportée de cet abandonnement pretendu, eſt vaine & ridicule. Car ſi elle eſtoit recevable, il faudroit non ſeulement que les Merles & les Corneilles, mais auſſi que tous les autres Oiſeaux laiſſaſſent leurs Petits quand ils ſont

éclos,

Iob. 38.

éclos, puifqu'il n'y en a pas vn qui n'ait
vne couleur differente de la leur.

Reprenons noftre premier fujet, &
cherchons la raifon de la prerogative
que les Oifeaux ont en ce poinct par
deffus le refte des Beftes. Elle fe doit
tirer à mon advis de leur conftitution,
qui eft compofée d'humeurs plus pures
& plus fubtiles, & d'vne chaleur plus
mobile & plus agiffante que celle des
autres Animaux. Car quoy que la Nature donne également les Inclinations
dont nous parlons, à tous les Sexes qui
en font fufceptibles, elles font neantmoins plus fortes ou plus foibles, felon
que le Temperament eft plus ou moins
chaud, & plus ou moins actif, comme
nous avons dit cy-devant.

Mais il faut defcendre au détail de
cette matiere, & monftrer en quelles
efpeces d'Animaux l'amour des Peres
envers leurs Petits eft la plus remarquable. Commençons donc par l'*Aigle*, qui
en ce poinct, comme en tout le refte, eft   *Arift. 6.*
le Roy de tous les Oifeaux. Car durant
trente jours que la Femelle couve fes
œufs, elle eft tellement appliquée à cela,
qu'elle ne fonge prefque pas à fa nourri-

E

ture, & devient tellement foible, qu'elle n'a pas la force d'arrester la moindre
proye. Mais quand ils sont éclos, elle est
continuellement en sentinelle auprés de
son aire pour leur deffense : Il semble
mesme qu'elle prévoit ceux qui les veulent enlever ; quelque éloignez qu'ils
soient, elle va au devant pour les en
détourner, & s'ils s'en approchent, elle
les déchire du bec & des griffes.

Aldro.

Il y en a qui disent que les Aigles
portent leurs Aiglons sur leurs aisles,
tout au contraire des autres Oiseaux de
proye, qui portent leurs Petits avec les
serres. Mais il n'est pas vray - semblable
que les Oiseaux qui ont les ongles cro-
chus portent leurs Petits avec leurs griffes, ils leur perceroient & déchireroient
le corps avec elles. Les Aigles portent à
la verité leurs Aiglons sur leurs aisles;
mais c'est lorsqu'elles leur apprennent
à voler, & qu'en voyant leur foiblesse,
elles se mettent sous eux, & les suppor-
tent quelque temps. C'est pour cela que
Dieu parlant aux Hebreux , leur dit:

Genes. 19.

*Vidistis quomodo portaverim vos supra alas
aquilarum.* & Moyse explique cela plus
particulierement: *Sicut aquila provocans*

pullos ſuos, & ſuper eos volitans, expan- Deuteron.
dit alas ſuas, & aſſumpſit eum, atque por- 32.
tavit in humeris.

Ce qui pourroit faire douter de l'a-
mour de l'Aigle envers ſes Petits, c'eſt
que n'en faiſant que trois, & quelquefois deux ſeulement, elle n'en éleve
qu'vn, & abandonne les autres, com-
me rapporte Ariſtote du Poëte Muſée 6. hiſt. 6.
excludit binos, edit terna, educat vnum.
& chaſſe meſme de ſon aire celuy qu'-
elle nourrit avant qu'il ait toute la force de voler. Mais il ne faut pas s'étonner ſi l'Aigle ne ſe charge pas de la nourriture de beaucoup d'Aiglons, à cauſe
de la foibleſſe où elle eſt tombée en cou-
vant ſes œufs, qui luy oſte le moyen de
trouver aſſez de vivres pour pluſieurs.
Car ſa conſervation propre luy eſtant
plus neceſſaire & plus chere que celle
de tous ſes Petits, elle pourvoit juſte-
ment à ſa ſubſiſtance, en abandonnant
ceux qu'elle ne peut nourrir. Que ſi
elle chaſſe meſme trop toſt celuy qu'elle a voulu élever ; outre que l'amour
des Meres a ſes temps reglez ſelon les
eſpeces des Animaux, & que celle de
l'Aigle commence de finir en ce temps-

là ; ce ne luy eſt pas là vne choſe particuliere : car la pluſpart des Oiſeaux de proye chaſſent ainſi leurs Petits, & les battent pour leur faire quitter le nid , afin qu'ils cherchent eux-meſmes leur proye, les Meres ne pouvant toutes ſeules ſatisfaire à l'avidité qu'ils ont.

Le *Heron*, le *Pelican*, & la *Cicongne* ont cela de commun, qu'elles aiment leurs Petits juſqu'à ce poinct-là, que ſi elles n'ont rien pour les nourrir , elles rejettent de leur eſtomach les alimens qu'ils ont avalez, pour les ſuſtenter. Il s'eſt meſme trouvé des Cicongnes qui ſe ſont lancées dans les flammes, ne pouvant ſauver leurs Petits qui ſe bruſloient.

Hiſtor. Ba-
tav.

Pieri.

Mais l'amour du *Vautour* envers les ſiens eſt encore plus admirable , s'il eſt vray qu'il demeure quatre mois à terre, pour les garder, n'ayant point d'autre ſoin que de les nourrir ; & que ſi les vivres viennent à luy manquer , il ſe pique la cuiſſe, afin de leur faire boire le ſang qui en ſort. Ce que les Peintres ont attribué au Pelican.

Il y a beaucoup d'Oiſeaux, qui voyans venir le Chaſſeur proche de leur nid , contrefont les eſtropiez, & fuyent len-

tement, comme s'ils n'en pouvoient
plus; abufant ainfi le Chaffeur jufqu'à
ce qu'il foit éloigné de leur nid, auquel
temps ils s'envolent, & fauvent ainfi
leurs Petits. Telle eft la Perdrix, le *Arift.*
Vanneau, & le Crauant, ou Vulpanfer.

Entre les Animaux farouches, la *Pan-*
there & la *Tigreffe* femblent eftre ceux
qui ont plus d'amour pour leurs Faons:
car quand on les leur a enlevez, elles
font des cris & des rugiffemens étran-
ges, & courent avec tant de vîteffe aprés
le voleur qui les emporte, qu'il eft bien
difficile qu'elles ne l'attrapent. Si elles ne les peuvent recouvrer, elles entrent en fureur, & il s'en eft trouvé qui
de rage & de defefpoir en ont perdu la
vie. Pour la Panthere, elle marche toûjours devant fes Faons quand ils fortent
de leur repaire; & fans craindre ni le
nombre des hommes qui l'attaquent,
ni la multitude des traits qu'on luy lan-
ce, elle demeure ferme, & fe refout
pluftoft de mourir, que de les abandonner.

Les Mafles des *Elephans* n'ont prefque aucun foin de leurs Faons; mais
les Femelles les aiment ardemment:

E iij

car depuis qu'ils sont nais , elles ne les quittent point, & quand elles les voyent en peril, elles s'y jettent elles-mesmes.

Le *Taureau* s'oppose courageusement aux Animaux les plus feroces , pour deffendre ses Petits. *Tauris natura datum est , vt pro vitulis contra Leones summa vi impetuque contendant*, dit Ciceron.

La *Cavale* ne peut aussi sans douleur estre separée de son Poulain, & si elle est en liberté, elle retourne à luy avec vne vîtesse incroyable. C'est-pourquoy Varron conseille qu'on le mene toûjours paistre avec elle , de peur que le regret de son absence ne l'empesche de manger. On dit la mesme chose de la Femelle du *Chameau*.

C'est vne merveille qu'vne *Brebis* discerne entre vn million d'Agneaux celuy qui est à elle; & que luy aussi connoisse la voix de sa mere entre mille autres. Cette Amour est tellement reciproque, qu'on ne les peut separer l'vn de l'autre, qu'ils ne témoignent par de frequens & de tristes beellemens la douleur qu'ils en ont.

La *Biche* est la seule qui a soin de ses Faons, le Cerf ne s'en mesle en aucune

6. de Rep.

Ælian.

maniere. Elle les cache au commencement avec grand foin : car quoy que
pour les mettre bas elle choififfe les lieux *Arift.*
qui font hantez des hommes pour évi- *Plutar.*
ter l'infulte des beftes farouches ; neantmoins elle les retire aprés dans fes forts,
où elle les tient cachez quelque temps,
& s'il arrive qu'ils fe découvrent trop,
elle les chaftie à coups de pied. Mais *Plin.*
lorfqu'ils font affez forts, elle les exer- *Albert.*
ce à la courfe , & les inftruit de la
maniere qu'il leur faut faire retraite,
& qu'ils doivent fortir des broffailles &
des halliers , fans embaraffer leur bois.

La *Belette* aime tellement fes Petits,
qu'en quelque lieu qu'elle les mette,
elle a toûjours peur qu'on ne les luy dé-
robe; c'eft-pourquoy elle les tranfporte
inceffamment d'vn lieu à l'autre; & comme on les luy voit fouvent dans la gueule, on a crû autrefois qu'elle les engen-
droit par là. Ce que l'on dit auffi des
Lezars.

Tout le monde fçait l'amour que le
Singe a pour fes Petits : car elle a paffé
en proverbe, pour marquer ceux qui
perdent leurs enfans à force de les ca-
reffer. Il eft vray que de deux qu'elle *Opp.*

E iiij

fait à chaque fois, il y en a toûjours vn
qu'elle aime le mieux : parce que son
amour est trop violente pour estre également partagée à tous les deux.

Le *Chien de mer*, *Galeus*, doit beaucoup aimer ses Petits : car quand il les
a faits, il prend soigneusement garde
qu'ils ne soient attaquez par les autres
Poissons, & ne cesse de faire la ronde à
l'entour, pour découvrir si on leur dresse quelque embusche. Que si la tem-
peste survient, ou qu'il apprehende quelque autre danger pour eux, il les fait
entrer dans sa gueule, qui est grande
& ample, où ils trouvent, comme dit
Plutarque, leur retraite, leur nourriture & leur asyle ; mais le peril passé, il
les rejette dans l'eau. C'est là ce qui a
fait croire à Ælian & à quelques autres,
qu'il faisoit ses Petits par la gueule,
comme on a dit de la Belette. Le *Renard de mer* en fait autant pour les siens,
aussi est-ce vne espece de Chien de mer;
de sorte que c'est vne proprieté qui con-
vient à tout le genre de ces Poissons :
& Rondelet dit en avoir veû l'experience.

Ariſtote dit que le *Glanius*, que Pline appelle *Silurus*, & que quelques-vns ont mal à propos confondu avec l'Eſtur- *Scalig.* geon, prend vn ſoin nompareil pour ſes Petits. Mais cela eſt ſingulier en cette eſpece, que c'eſt le Maſle qui prend *Ariſt. 6.* tout ce ſoin-là, & non pas la Femelle. *hiſt. 14. &* Car ſi-toſt qu'elle a fait ſes œufs, elle *9. hiſt. 51.* les abandonne, & le Maſle les garde quarante ou cinquante jours, ne faiſant autre choſe que d'empeſcher que les petits Poiſſons ne les mangent. Or il demeure tout ce temps-là à les garder, non ſeulement parce qu'il n'y a point de Poiſſons dont les œufs atteignent ſi tard leur perfection ; mais encore parce que les Petits qui en ſont éclos, ſont long-temps à ſe fortifier, pour pouvoir ſe ſauver des attaques que les autres leur peuvent faire.

Les *Dauphins*, qui ſont de ſi amoureuſe complexion, qu'ils aiment tous ceux de leur eſpece, leurs Femelles, & les hommes meſmes, ne manquent pas d'aimer ardemment leurs Petits. Ils les gardent avec ſoin, & comme ils vont toûjours en troupe, il les mettent au premier rang, & les obſervent pour voir

s'ils s'écartent, ou s'il y a quelque chose qui leur puisse nuire. Ils les portent

Oppian.
Gesner.

quand ils sont foibles, & il y en a qui
disent qu'ils les reçoivent dans leur
gueule, comme les Balenes & les Chiens
de mer font les leurs. Mais Rondelet
dit que cela est impossible, à cause que
leur gueule est trop estroite, & que
leurs Petits sont trop gros. Quoy qu'il

Oppian.

en soit, on tient pour certain que quand
l'vn des deux que la mere a de coustume d'engendrer, est blessé, elle chasse
l'autre, comme pour l'avertir de fuir, &
va aprés le premier, se laissant pluftost
prendre avec luy, que de l'abandonner.

Des Animaux qui aiment ceux qui les ont engendrez.

ARTICLE IV.

QVOY que l'Amitié que les Animaux ont pour ceux qui les ont
engendrez, ne vienne pas pour l'ordinaire de l'Inftinct ; mais feulement de
l'vtilité qu'ils retirent des foins que ceux-

cy leur rendent, & de la couſtume qu'ils
ont de les voir,& d'eſtre avec eux. Il y en
a neantmoins quelques-vns où il eſt vrai-
ſemblable que cette Amitié vient d'v-
ne plus noble ſource, & que c'eſt la Nature qui l'inſpire avec la vie. En effet,
il ne faut point recourir à l'Inſtinct,
pour rendre raiſon de celle qu'ils ont
quand ils ſont jeunes ; parce que la nourriture, la deffenſe, & la retraite que
leur donnent leurs Peres, ſont d'aſſez
puiſſans motifs pour les obliger à l'A-
mour & à la reconnoiſſance. Mais quand
ils ne tirent plus d'eux ces aſſiſtances,
& qu'aprés pluſieurs années, qui devroient leur en avoir oſté le ſouvenir,
ils ne laiſſent pas d'avoir la meſme tendreſſe pour eux, & de les ſecourir dans
leur vieilleſſe : Il faut neceſſairement
confeſſer qu'il y a quelque cauſe ſecrette qui les engage dans vne affection qui
eſt ſi peu commune. Car il y en a peu
où elle ait eſté remarquée, & l'on peut
dire hardiment où elle ſe trouve.

De ſçavoir maintenant le motif pour
lequel la Nature a donné cét Inſtinct
à quelques-vns dont elle a privé tous
les autres, c'eſt vn ſecret impenetrable à

l'efprit des Hommes. Voicy neantmoins la penfée qui m'eft venuë là-deffus. Il eft certain que Dieu ayant creé tous les Animaux pour le fervice de l'Homme, il en a deftiné quelques-vns pour le nourrir, d'autres pour le foulager, & tous enfin pour l'inftruire : car il n'y en a pas vn où il n'ait tracé quelque crayon des vertus qu'il eft obligé de fuivre. Ne confeille-t-il pas au pareffeux de s'adreffer à la Fourmi, pour luy apprendre à travailler ? Ne propofe-t-il pas l'exemple de la fimplicité dans la Colombe, & celuy de la prudence dans le Serpent ? Penfez-vous qu'en formant la Republique des Abeilles, il n'ait pas voulu inftruire les Rois à commander avec douceur, & les Sujets à leur obeïr avec amour ; & que dans celle des Fourmis il n'ait pas enfeigné aux Eftats populaires la concorde, & l'vnion des interefts auffi bien que des volontez ? La gratitude que quelques autres ont pour ceux qui leur ont fait du bien, qui fe remarque mefme jufques dans les plus fauvages & les plus feroces ; la docilité qui fe voit en ceux que l'on apprivoife, la fidelité des Chiens envers leurs

Maiſtres, ne ſont-ce pas des inſtructions
generales pour toutes ſortes de perſon-
nes ? Mais à conſiderer l'ardente Amour
que quelques-vns ont pour leurs Petits ; la fidelité que les Tourterelles &
les Ramiers gardent à leur pair ; les aſſiſtances que les Alcyons ſe rendent l'vn
à l'autre en leur vieilleſſe : il faut croire que ce ſont autant de leçons pour
les Peres, pour les Maris & pour les
Femmes. Cela eſtant ainſi, il n'y a pas
d'apparence que Dieu ait oublié les
Enfans, & qu'il ne leur ait pas auſſi donné des exemples à imiter dans l'Amour
& dans les devoirs qu'ils ſont obligez
de rendre à leurs Parens, lors meſme
qu'ils ſont émancipez, & qu'ils n'ont
plus beſoin d'eux. Ce ſont ces exem-
ples-là que nous devons propoſer en cét
Article, où l'on reconnoiſtra clairement
qu'il n'y a que l'Inſtinct qui puiſſe donner aux Animaux le ſoin de nourrir &
de ſoulager ceux qui les ont engendrez ;
& l'on ſera perſuadé par ce que nous
venons de dire, que Dieu ne leur a
donné cét Inſtinct ni tous les autres qui
ne regardent point leur conſervation
particuliere, que pour inſtruire les Hom-

mes dans les devoirs de la vie.

En effet, quand il n'y auroit point de Royauté entre les Abeilles, ne pourroient-elles pas entretenir leur focieté, comme les Fourmis? & quand celles-cy n'enterreroient point leurs morts, quel inconvenient en pourroit-il arriver à leur petite Republique? Quand les Tourterelles ne garderoient point la fidelité à leur pair, comme la plufpart des autres Oifeaux; quand les Lions ne feroient point reconnoiffans des bienfaits qu'ils reçoivent, non plus que beaucoup d'autres; quand mefme ceux dont nous allons parler abandonneroient leurs Peres dans leur vieilleffe, quelle diminution tout cela cauferoit-il à leur nature & à leur fubfiftence? Non, Dieu ne leur a point donné ces Inclinations pour eux-mefmes; mais feulement en faveur des Hommes, afin que ceux-cy euffent par tout les modeles des vertus qu'ils doivent pratiquer. Il a donc choifi quelques Animaux, où il a voulu tracer les images de l'Amour & de la pieté que les enfans doivent avoir pour leurs parens, afin de les mettre devant leurs yeux, & de les obliger par là de les imiter dans vne fi iufte & fi neceffaire reconnoiffance.

Le *Lion* qui fe reffouvient des bienfaits qu'il a receus des Hommes, n'a garde d'oublier les foins que fes Peres luy ont rendus lorfqu'il eftoit jeune; il les nourrit quand ils font vieux; & lors qu'ils ne peuvent plus aller à la chaffe, il chaffe pour eux, & leur fait part de la proye qu'il a prife.

L'*Elephant* nourrit auffi les fiens, il les deffend s'ils font attaquez, & s'ils font malades, il ne les abandonne point.

On dit la mefme chofe des *Dauphins*.

La *Pie*, la *Huppe* & le *Vaultour* s'acquitent encore des mefmes devoirs. *Aldro. Albert. Orus.*

Patrem fenio jam gelidum, fituque fractum
Nudo capitis calvitio, atque glabritate.
Ecce reficit munere Vultur Africanus
Hoc idem grata Ciconia, &c.

Mais l'exemple des Cicongnes eft fi remarquable, que leur nom a fervi pour exprimer la reconnoiffance que les Enfans ont pour leurs Parens : car le mot ἀντιπελαργεῖν; qui tire fon origine de πελαργὸς, nom que les Grecs ont donné à la Cicongne, ne fignifie autre chofe.

9. hift. 13.

Arift. 9.
hift. 11.

Enfin le *Merops* d'Ariftote, *Apiaster*, ou *Guefpier*, comme Belon le nomme, furpaffe en ce poinct tous les autres Animaux : car il n'attend pas que la vieilleffe ait affoibli fes Peres, pour les nourrir, en toutes rencontres il a foin de leur donner à manger.

Des Animaux qui aiment ceux qui les conduifent.

ARTICLE V.

IL y a de certains Animaux qui fe laiffent conduire & gouverner par d'autres; & il ne faut pas douter qu'ils n'ayent de l'Amitié pour eux, puifqu'ils trouvent leur feureté dans leur conduite, & qu'ils aiment toutes les chofes qui leur font vtiles, n'y ayant point d'vtilité fi confiderable que celle qui va à leur confervation.

Mais parce qu'il y en a où ces Chefs & ces Conducteurs font de mefme efpece qu'eux, comme ceux qui conduifent les Gruës; & d'autres, où ils font de diverfe efpece, comme l'Ortygometra qui eft le Roy, ou comme porte le mot, la Mere des Cailles : La methode

thode que nous nous fommes propofée
nous oblige de divifer ce difcours, &
de parler icy de ceux qui font d'vne
mefme efpece, & de renvoyer les autres à la feconde Partie de ce Traité.
Mais il faut obferver qu'entre ceux qui
font de mefme efpece, il y en a qui font
tels par nature, comme le Coq entre
les Poules, & le Belier entre les Brebis:
& d'autres qui le font par élection, comme entre les Grües, qui choififfent leurs
conducteurs & les changent dans les
rencontres. Parlons donc des premiers.

Il faut que ceux qui ont donné le
nom de Rois aux Lions & aux Aigles
ayent eu bien mauvaife opinion de la
Royauté : ce ne font pas des Rois, ce
font des Tyrans, qui fans avoir focieté
ni correfpondance avec leurs fujets, ni
aucune amour ni complaifance pour
eux, ne regnent que par la force & par
la violence. C'eftoit le Coq qu'il faloit
honorer d'vn fi grand nom, puifque la
Nature l'a couronné elle-mefme, &
qu'elle luy a donné toutes les vertus
Royales, la Majefté, le Courage, la
Vigilance & la Tendreffe pour ceux à
qui il doit commander : enfin c'eft le

F

modele d'vn veritable Pere de famille,
qui eſt le premier & le plus legitime
Roy qui ſe puiſſe trouver. Auſſi con-
noiſt-il bien les avantages que la Nature luy a donnez, & ſent bien ce qu'il
eſt : car outre qu'il ne veut point hazarder ſa Couronne, ni la mettre en
peril, ne paſſant jamais par vne porte,
quelque haute qu'elle ſoit, qu'il ne baiſ-
ſe la teſte : En quelque maiſon qu'il
ſoit, il veut eſtre le Maiſtre des poules
& des poulſins qui y ſont ; il en prend
la conduite, & les garde avec vn ſoin
nompareil ; il les réveille au point du
jour, & ſe met le premier au travail,
les excitant par ſa voix & par ſon exemple à le ſuivre. Il cherche & fouïlle
par tout pour trouver ce qui leur eſt neceſſaire, & quand il rencontre quelque
choſe à manger,il les appelle pour leur en
faire part, & s'il en prend quelque choſe, il paroiſt bien que c'eſt pluſtoſt pour
les inviter, que pour ſatisfaire à ſa faim.
Cependant, il marche fierement & la
teſte levée, qu'il tourne de tous coſtez,
pour voir s'il n'y a point quelque peril
à craindre pour eux ; il fait la ronde à
l'entour, & en paſſant il chaſtie du bec

& des aifles ceux qui font negligens, ou qui font quelque defordre. On dit mefme qu'il compatit au mal qu'ils endurent, & qu'il les confole par vn accent particulier, dont il ne fe fert qu'en cette occafion. Mais il n'en faut pas davantage pour perfuader que tous ces foins ne peuvent venir que de l'Amour qu'il a pour eux, & ne peuvent auffi caufer que de la tendreffe & de la reconnoiffance dans vne famille qui eft fi bien reglée.

Le *Taureau* eft auffi le Roy du Beftail, & Ariftote n'a point donné d'autre exemple de la Monarchie qui fe trouve dans les Animaux, que le Taureau, & le Roy des Abeilles, comme fi c'eftoit la plus douce & la plus parfaite de toutes. Car ils ne dominent point par violence, & la crainte du chaftiment ne fait point obeïr ceux aufquels ils commandent; c'eft l'Amour feule qui regle le commandement & l'obeïffance. Pour le Taureau, il marche toûjours à la tefte de fon troupeau, il le conduit & le deffend contre les attaques des plus fiers Animaux, fans craindre les Ours, les Tigres ni les Lions : fon troupeau auſſi ne l'abandonne point, & quelque vieux qu'il ſoit, il le reſpecte, & ne quitte point ſa conduite.

Iam laſſâ cervice & inanibus armis
Dux tamen.

Si le *Belier* n'eſt pas le Roy des Brebis, il en eſt le Capitaine : car quand elles vont paiſtre il prend toûjours le devant, & elles le ſuivent ſans prendre d'autres routes que celles qu'il tient. Il eſt vray qu'elles ne gardent plus cét ordre lorſqu'elles ſont dans les paſcages, elles vont confuſément çà & là ; mais auſſi quand elles doivent retourner au parc ou à l'étable, elles ſe remettent ſous la conduite de leur Capitaine.

On en peut dire autant du *Bouc* à l'égard des *Chevres* : car quoy qu'Ariſtote aſſure qu'elles n'ont point de Chef qui les conduiſe, non plus que les Chevaux, parce que les vns & les autres ſont d'vn naturel trop leger, & qui ne peut s'aſſujetir de ſoy-meſme ; Neantmoins l'Experience n'eſt pas ſeulement contraire à ce qu'il avance des Chevres; mais encore l'Eccleſiaſt. qui dit qu'il y a trois ſortes d'Animaux qui marchent avec grande ſecurité, le Lion entre les

beſtes de charge, le Coq entre les Poules, & le Bouc qui va devant les Chevres.

Entre les Animaux dont les Chefs ſe
font par élection, les Gruës ſont les plus *Ariſt. 6. hiſt.*
conſiderables : car elles n'en prennent
pas ſeulement vn pour aller devant &
les conduire, elles en commettent encore vn autre pour eſtre à la queuë de
toute la bande, & pour avertir les autres par ſes cris de garder leur rang.
Pour ces emplois elles ne choiſiſſent pas
les plus jeunes , mais les plus âgées, *Iſidor.*
comme celles qui ont plus d'experience *Tzetzes.*
de la marche qu'il faut faire , & des
routes qu'il faut tenir. Auſſi quand l'vn
ou l'autre de ces guides eſt laſſé de crier,
& de voler, elles en ſubſtituent d'autres
en leur place. Aprés qu'elles ſont deſ- *Iſidor.*
cenduës à terre pour repaiſtre, celuy qui
les a conduites demeure toûjours la teſte levée pendant qu'elles mangent,
afin de découvrir s'il y a quelque peril
qui les menace, & de les avertir par ſon
cri de prendre la fuite: Mais quand elles veulent dormir , elles font élection
de trois ou de quatre, ſelon le nombre
qu'elles ſont, pour veiller pendant leur

Ælian.
Tzetzes.

sommeil, pour faire la ronde & la sentinelle, & pour les réveiller s'ils apperçoivent quelque homme ou quelque Animal.

L'Histoire des Antilles nous apprend que parmi les Oiseaux qu'on nomme *Flamans*, ou *Flambans*, à cause de la couleur rouge qu'ils ont, il y en a vn comme parmi les Gruës, qui les conduit, & qui fait le guet quand ils cherchent leur nourriture. Car pendant qu'ils barbotent dans l'eau & qu'ils y enfoncent la teste, celuy-là se tient debout, le col étendu, & l'œil inquiet; & lorsqu'il apperçoit quelqu'vn, il sonne la trompette: (c'est ainsi qu'on peut appeller sa voix: car elle est si forte, que lorsque l'on l'entend, il semble que ce soit vne trompette) En mesme temps il s'envole, & les autres qui ont esté advertis par son cri, le suivent, gardant comme les Gruës vn ordre dans leur vol. De sorte qu'il est vray-semblable qu'ils choisissent comme elles celuy qui fait le guet pour eux, & qui les conduit.

Belon.

Les *Pluviers* ont aussi leur Capitaine, que l'on nomme l'Appelleur. Car comme ils s'écartent la nuit, celuy cy les appelle au matin pour voler de compagnie ; & autant de bandes qu'il s'en trouve, chacune a le sien particulier, qu'ils reconnoissent si exactement, qu'vn Pluvier d'vne bande ne suit point l'Appelleur qui est le Chef d'vne autre, quoy qu'elles soient meslées ensemble. Or quoy qu'il ait la voix plus grosse que les autres, il est vray-semblable qu'il n'est pas de diverse espece, n'estant pas different d'eux de grandeur ni de plumage ; de sorte qu'il en est comme du Chef des Gruës, & peut-estre qu'ils le choisissent par l'âge, comme elles font le leur.

Ovide, Pline, & Solin parlent de certains Oiseaux qu'ils nomment *Aves Diomedæ*, Oiseaux de Diomedes, qui ont aussi deux Chefs pour les conduire ; l'vn qui est à la teste de leur escadron, & l'autre à la queuë. Mais il est bien difficile de dire de quelle espece font ces Oiseaux. Belon les confond avec l'Onocrotale ou Pelican ; les autres disent que c'est vne espece de Heron, comme Servius & l'Ornithologus. Aldrouandus soupçonne que ce font ceux qui se voyent dans les Isles que les Anciens

F iiij

appelloient Diomedeennes, & que l'on nomme maintenant Tremiti , aufquels les Habitans donnent le nom d'Artenne.

Il y a d'autres Animaux qui ont auffi leurs Rois & leurs Chefs , comme les Abeilles, les Guefpes, les Freflons, les Cailles & les Balenes. Mais comme ils font d'vne efpece differente de ceux qu'ils gouvernent, nous n'en pouvons parler icy, où nous ne confiderons que les Animaux qui font d'vne mefme efpece. Ce fera dans la troifiéme Partie, Article troifiéme, que nous en parlerons.

Quelques-vns fe font imaginez qu'il y avoit quelque efpece de gouvernement Ariftocratic entre les Fourmis, & que l'on avoit remarqué qu'il y en avoit entre elles de plus groffes & de plus grandes , qui vray-femblablement devoient former le Senat & le Confeil de leur Republique ; mais cela demande vne plus ample information.

Des Amitiez particulieres qui se trouvent entre les Animaux de diverse espece.

PARTIE III.

OVTRE les Amitiez que l'on a remarquées entre les Animaux qui sont de diverse espece, ont les mesmes sources que nous avons remarquées cy-devant : car elles viennent ou de la Ressemblance de nature, ou du Vivre, ou de la Seureté, ou de la Societé, ou de la Commodité.

Toutes ensemble ne passent guere le nombre de soixante, & peut-estre n'y en a-t-il pas vne vingtaine qui soient veritables, tant il est vray que parmi les Bestes aussi bien que parmi les Hommes, il y a peu d'amis & beaucoup d'ennemis, & que les maux sont en plus grand nombre que les biens. Car il y a vne infinité d'Inimitiez entre les Ani-

maux, & quoy qu'Ariſtote n'ait pas eu
deſſein d'en faire le compte entier,
n'en ayant marqué que quarante, il a
bien eu de la peine à trouver ſept exemples de l'Amitié qui s'y trouve, entre
leſquels meſme il y en a qui ne ſont
pas trop certains, & d'autres qui ſont
d'Animaux inconnus, comme celuy du
Lybius, du Celeus, du Piſex, qui ſont
des Oiſeaux que l'on ne connoiſt point.

Ayant donc deſſein de faire le Catalogue de tous les Animaux de diverſe
eſpece qui ont de l'Amitié l'vn pour
l'autre, nous avons ſur les fondemens
que nous avons poſez, diviſé cette troiſiéme partie en cinq Articles.

Des Animaux dont l'Amitié eſt fon-dée ſur la Reſſemblance de nature.

ARTICLE I.

ON ne ſçauroit douter que la Reſſemblance ne ſoit vne des cauſes de
la Sympathie & de l'Amitié qui ſe trouve dans les choſes, parce qu'elle marque la convenance & la liaiſon qui eſt
entre elles. Il y en a de deux ſortes

entre les Animaux, l'vne qui regarde
l'Espece, & qui est le fondement de
l'Amitié qui est entre les Animaux qui
sont de mesme espece, dont nous avons
parlé dans toute la seconde Partie. L'autre regarde le Genre qui est vne des
sources de l'Amitié qui est entre les
Animaux de diverse espece, dont nous
devons parler icy. Mais afin que ce
Genre leur puisse communiquer les Inclinations qui doivent leur estre communes, il ne doit pas estre éloigné, il
faut qu'il soit proche & immediat : C'est
pourquoy le Pigeon & la Tourterelle
s'entre-aiment, parce que ce sont deux
especes qui sont sous le genre des Colombes, qui est le plus proche qu'elles
puissent avoir.

D'ailleurs il faut remarquer qu'encore qu'il y ait liaison entre ces sortes d'Especes, il y peut avoir des causes particulieres qui la rompent, comme le vivre, l'habitation, &c. Car les Oiseaux
de proye qui sont non seulement sous
vn mesme Genre, comme l'Aigle & le
Vaultour ; mais encore qui sont de mesme espece, comme tous les Aigles, se
haïssent à cause du vivre. Et quoy qu'il

y ait Amitié entre les Guefpes & les Freflons, à caufe qu'ils font fous vn mefme genre; neantmoins les Abeilles qui font fous ce genre-là haïffent les Freflons, parce qu'ils les mangent.

Ceux qui difent qu'il y a Amitié entre les Serpens & les Anguilles, entre la Vipere & la Murene, font obligez de reconnoiftre vne reffemblance de Figure pour fonder cette Amitié. Mais nous monftrerons qu'elle eft imaginaire, & que l'obfervation qu'on pretend en avoir efté faite eft fauffe.

On peut mettre au rang des Amitiez qui font fondées fur la Reffemblance celle qu'Ariftote dit eftre entre le *Harpé* & le *Milan*; parce qu'ils font d'vn mefme genre, le Harpé eftant vne efpece de Milan aquatique. Et cette Amitié non feulement n'eft point troublée pour le vivre, qui eft vne des plus ordinaires caufes de l'inimitié des Animaux; mais encore elle eft fortifiée de ce qu'ils ont le *Triochis* ou le *Sacre* pour ennemi commun, dont ils fe deffendent de concert : car cela regarde leur feureté, qui eft auffi vne caufe de l'Amitié des Beftes, comme nous dirons cy-aprés.

9. hift. 1.
Ælian.

Plin.
Belon.

Ariſtote adjouſte vn tiers à ces deux Amis, à ſçavoir le *Pifex*, mais cét Oiſeau eſt inconnu, ſelon le jugement de l'Eſcale.

Il en faut dire autant de la Sympathie qui eſt entre l'*Aloüette* & le *Iuncus*, parce qu'ils ſont ſous vn meſme genre; le Iuncus qu'Ariſtote appelle Schoinion, ou Schoiniclos, eſtant vne ſorte d'Aloüette qui hante les eaux où il y a des joncs, d'où elle tire ſon nom : C'eſt-pourquoy quelques-vns la nomment Aloüette de mer.

Ar. 9, hiſt.

L'Amitié de la *Colombe* & de la *Tourterelle*; celle du *Roſſignol* & du *Phænicurus*; celle des *Freſlons* & des *Gueſpes* ſont de cette categorie. Car la Tourterelle eſt vne eſpece de Colombe, comme dit Ariſtote, & le Phænicurus eſt vne ſorte de Roſſignol ; c'eſt-pourquoy on l'appelle Roſſignol de muraille. Quant aux Gueſpes & aux Freſlons, c'eſt vne choſe certaine que ce ſont deux eſpeces qui ſont ſous vn meſme genre, comme nous avons dit : C'eſt-pourquoy il ne faut pas s'étonner ſi Pline aſſure qu'ils ſont amis. Mais cela eſt conſiderable, que c'eſt la ſeule Amitié

Aldro.

Plin.

qu'on ait remarquée entre les Infectes de differente efpece, quoy qu'on y ait reconnu diverfes Inimitiez.

On dit qu'il y a Amitié entre les *Serpens* & les *Anguilles* ; entre la *Vipere* & la *Murene*, parce qu'ils fe reffemblent dans la figure de leurs corps, qui eft caufe que lorfqu'ils font en amour ne trouvant pas leurs Femelles, ils frayent enfemble ; ce qu'ils ne pourroient faire avec d'autres Animaux d'vne figure differente. Mais il y a grande apparence que ces Amitiez font fauffes. Car outre qu'on a experimenté que les Serpens ne s'accouplent qu'avec ceux de leur efpece : comment la Vipere, qui n'entre jamais dans la mer, & la Murene qui n'en fort jamais pourroient-elles frayer enfemble ? Et fans doute cette erreur a pris naiffance de ce que le Myrus, que quelques-vns difent eftre le Mafle de la Murene, reffemble à la Vipere, & que l'ayant veû accouplé avec elle, on a creû que c'eftoit vne Vipere. On peut avoir auffi le mefme doute touchant le fray de l'Anguille avec le Serpent ; & ce d'autant plus que ceux qui mettent cela en avant, difent que

l'Anguille l'appelle par le fifflement qu'-
elle fait, quoy qu'il foit certain qu'elle
ne peut fiffler n'ayant point de poul-
mon.

La Sympathie que l'on dit eftre entre
les *Abeilles* & le *Taureau*, doit eftre rap-
portée à cét Article, parce qu'elle eft
fondée fur la convenance naturelle qui
eft entre eux; les Abeilles tirant leur
origine de cét Animal quand il eft pu-
trefié; comme Varron, Virgile & Pline
nous affeurent; & qu'au rapport de
Comefius, les entrailles des Bourdons, qui eft vne efpece d'Abeille, re-
prefentent la tefte du Taureau: car en
leur preffant fort le ventre, ce qui en
fort a des cornes tortuës, & le muffle
alongé comme le Bœuf: Cette reffemblance eftant vne marque évidente de
la Sympathie qu'il y a entre eux. Que
c'eft enfin pour cela qu'on crefpit les
ruches avec de la fiente de Bœuf; &
qu'en la mettant fur le feu, la fumée
qui en fort guerit les Abeilles quand
elles font malades.

Mais quoy que l'on en puiffe croire,
tout cela m'eft fort fufpect. Premierement on ne voit point que cette Sym-

pathie cauſe aucune amitié, ni qu'elle
en donne aucune marque, tant du coſté du Taureau envers les Abeilles, que
du coſté des Abeilles envers luy. Car
quoy qu'il en ſoit le pere, & qu'elles
ſoient auſſi ſes filles, comme les appelle
le Poëte Archelaus Βόος φθινομ{έ}νης πε-
ποιημ{έ}να τέκνα, ils ne ſe recherchent point
& n'ont aucune ſocieté enſemble, ils
n'ont point beſoin les vns des autres,
ni pour leur ſeureté, ni pour leur vivre, ni pour aucune commodité qu'ils
en puiſſent retirer. En ſecond lieu, ſi
cette Sympathie eſtoit veritable, il faudroit qu'il y en euſt auſſi entre les Gueſpes & le Cheval, entre les Eſcarbots &
l'Aſne, entre les Vers à ſoye & le Taureau meſme; parce que ces Inſectes, à
ce que l'on dit, naiſſent de ces Ani-
maux-là, de la meſme façon que les
Abeilles: Cependant, perſonne ne s'eſt
jamais aviſé de dire qu'il y euſt Sympathie & inclination entre eux. En troiſiéme lieu, je voudrois avoir vne experience bien averée de cette naiſſance:
car je doute qu'elle ait eſté faite par Varron, qui ſemble eſtre le premier des La-
tins qui en a parlé aprés le Poëte Archelaus

chelaus : Virgile en a fait vne fable fur
la foy de cét Auteur : Et Pline les a
fuivis tous deux fans examiner fi la chofe eftoit veritable : enfin ni avant, ni
aprés eux il n'y en a eu aucun qui ait
affeuré en avoir fait l'experience.

On nous raconte la mefme chofe des
Vers à foye ; mais perfonne n'en a veû
naiftre de la forte. Car quoy que l'on
die qu'il faut que la Vache, qui doit
faire le Veau dont ces Vers fe doivent
former, ne fe nourriffe que de feuïlles
de Meurier, afin que fon Veau tire toute fa fubftance de cette nourriture,
qui eft fi conforme aux Vers à foye : Cela ne concluroit autre chofe, finon que
la Sympathie pretenduë feroit entre
eux & le Meurier. En ce cas-là, pourquoy les Vers ne s'engendrent-ils du
Meurier mefme, comme les Chenilles
s'engendrent des arbres qui leur font
affectez : car chaque plante a les fiennes
particulieres?

Quant à ce que dit Comefius de la
figure du Taureau, qui paroift aux entrailles des Bourdons ; cela ne conclud
rien pour les Abeilles, fi la mefme chofe ne fe trouve en elles. Et quand ce-

G

la feroit, pourquoy cette figure eft-elle
reduite à la tefte du Taureau ? Les A-
beilles n'ont-elle fympathie qu'avec elle ? Toutefois on ne dit pas qu'elles s'engendrent feulement de la tefte ; mais
de tout le corps du Taureau. Affeuré-
ment c'eft vne pure imagination femblable à celle que l'on forme fur les differentes figures des nuées, quand on s'i-
magine d'y voir des animaux & des
monftres.

Pour ce qui eft de la fumée de la
fiente de Bœuf, elle fert pluftoft à faire
mourir les Infectes qui incommodent
les Abeilles , qu'à les guerir elles-mefmes. Et fi on en crefpit les ruches,
c'eft pour les échauffer l'Hyver , & les
rafraifchir l'Efté : tout autre fiens eftant
ou trop chaud, ou trop puant : car les
Abeilles ont l'odorat exquis, & n'aiment
que les bonnes odeurs ; & quelque autre matiere qu'on y vouluft employer
auroit quelqu'vn de ces defauts, comme enfeignent ceux qui ont traité des
Geoponiques.

On peut adjoufter à ces exemples celuy qu'Ælian rapporte du *Lion* & du
Dauphin, entre lefquels il dit qu'il y a

vne grande affinité. Parce que comme
le Lion eſt le Roy des Animaux terre-
ſtres, le Dauphin l'eſt des aquatiques;
& que tous deux eſtant malades, ſe gue-
riſſent en devorant le Singe, le Lion en
mangeant le Singe de terre, & le Dauphin en devorant le Singe de mer. A la
verité c'eſt là vne analogie & vn rapport ; mais ce n'eſt pas vne Sympathie ni vne Amitié. Quelle liaiſon y
peut-il avoir entre deux Animaux qui
ne ſe peuvent jamais rencontrer, & qui
ſont de genres ſi éloignez ? Quel rapport naturel y a-t-il entre le Singe de
terre & le Singe de mer ?

Des Animaux dont l'Amitié eſt fon-
dée ſur le Vivre.

ARTICLE II.

COMME les Animaux aiment tout
ce qu'ils connoiſſent leur eſtre vtile, ils ne manquent jamais d'aimer ceux
qui leur fourniſſent de quoy vivre, puiſque de là dépend leur conſervation,
qui eſt la plus grande & la plus im-
portante vtilité qu'ils puiſſent recevoir.
C'eſt par là que les plus ſauvages s'ap-

privoifent, que les plus farouches s'a-
douciffent, & s'ils ne font tout-à-fait
indifciplinables, ils reconnoiffent leurs
bienfaicteurs, ils les flatent, ils les careffent chacun à fa maniere. Il eft vray
qu'il y a deux moyens de fournir le vivre aux Animaux; l'vn quand on le
leur donne immediatement & de deffein; l'autre quand on ne fert que de
moyen pour le leur faire avoir, fans intention de le leur donner. Et l'vn &
l'autre produifent vne amitié intereffée, qui ne regarde pas tant celuy qui
donne, que la chofe donnée: Mais toûjours celle qui vient du premier eft la
plus parfaite. Car l'Amitié qu'ont les
Chiens & les autres Animaux domeftiques pour ceux qui leur donnent fouvent à manger, eft plus forte que celle que
l'Outarde a pour le Cheval, & l'Eftour-
neau pour le Bœuf, qui ne font aimez
de ces Oifeaux qu'à caufe de leur fiens,
où ils trouvent de quoy fe nourrir. Cependant, c'eft fur ce dernier moyen
qu'eft fondée l'Amitié que les Auteurs ont remarquée dans les Animaux
touchant le vivre. Et à dire le vray,
tous les exemples qu'ils en apportent,

outre qu'il y en a qui font mal fondez, font pluftoft voir vne Amitié apparente, qu'vne veritable, comme nous allons monftrer.

L'exemple le plus certain & le plus connu qu'on puiffe apporter fur cét article, eft celuy des *Animaux domeftiques*, & principalement des *Chiens* & des *Chevaux* qui aiment ceux qui leur donnent à manger : Mais celuy des Beftes farouches eft le plus convainquant : Car les Lions, les Ours & les Tigres fe laiffent apprivoifer par là, & prennent de l'Amitié pour ceux qui ont foin de leur donner ce qui leur eft neceffaire.

L'*Otis* ou l'*Outarde* aime le *Cheval* : car fi-toft qu'elle le voit, elle accourt vers luy ; & c'eft là fans doute vn figne certain de l'Amitié qu'elle luy porte. Tous les Auteurs en conviennent ; mais ils ne difent point fur quoy eft fondée cette Amitié. Pour moy je croy qu'elle court vers luy à caufe de fon fiens. Car Plutarque dit qu'elle fe plaift à le fouiller, & il eft vray-femblable qu'elle y trouve dequoy fe nourrir, puifque les Eftourneaux en font de mefme de celuy des Bœufs.

Athen.
Ælian.
Oppian.
Longol.

G iij

On dit que l'*Espervier* a vne Sympathie avec l'*Homme*, fur ce que les Esperviers qui ne font point apprivoifez fe joignent aux Chaffeurs, & leur aident à chaffer. Mais ce n'eft point par amitié qu'ils ayent pour eux ; c'eft pour avoir leur part de la proye de la mefme maniere que font les Hobereaux.

Il en faut dire autant du *Larus*, *Moüette*, ou *Canjard*, que l'on dit avoir de l'amitié pour les *Hommes* ; parce que lors qu'il voit les Pefcheurs qui tirent leurs filets, il s'approche d'eux, & fe met à crier. Car ce ne font pas les hommes qu'il aime, c'eft la proye dont il veut avoir fa part ; & s'il s'approche d'eux, c'eft qu'il fçait que les Hommes n'ont pas accouftumé de le pourfuivre, ni de luy dreffer aucune embufche.

Le *Perroquet* aime les *Hommes*, non feulement quand il eft apprivoifé ; mais auffi quand il eft libre. Car les relations de l'Amerique nous apprennent que les Perroquets font tout le jour auprés des Cabanes des Sauvages, & qu'ils fe retirent la nuit dans les forefts. Cette Amitié eft fondée fur les vivres que les Hommes leur donnent.

Bonſius aſſeure que le *Tigre* aime le *Rhinoceros*, parce qu'il mange la fiente de celuy-cy, de laquelle il eſt friand.

Le Poiſſon qui s'appelle *Pediculus* aime le *Dauphin*, parce que le *Pediculus* le ſuit pour avoir part à ſa proye ; & Ariſtote dit que c'eſt le plus gras de tous les Poiſſons, à cauſe de l'abondance des vivres que luy laiſſe le Dauphin ; διὰ τὸ ὑπολείπειν τροφῆς ἀφθόνε θηρεύοντας τῦ Δελφῖνος. *.i. propterea quod è Delphini venatu, largiſſimo impletur cibo.* *Ariſt. 9. hiſt. 31.*

Il en eſt de meſme de certains *Oiſeaux*, qui ſuivent l'*Aigle* pour avoir part à ſa chaſſe, & que pour ce ſujet on peut dire qu'ils ont amitié pour elle. *Aldro.*

L'Oiſeau nommé *Cephis*, qui eſt vne eſpece de Larus, aime le *Thon* ; parce que ces ſortes d'Oiſeaux ſuivent le Thon pour manger les reſtes des Poiſſons qu'il devore. *Oppian.*

Les *Thons* ſuivent les navires, & à peine les peut-on faire fuïr ; ce n'eſt pas pour Amitié qu'ils portent aux Hommes, comme quelques-vns ont dit ; mais c'eſt qu'ils attendent qu'on jette quelque choſe des navires qu'ils puiſſent manger. *Plin.*

Le Poisson nommé *Sargon* aime la *Chevre*, car quand on mene les Chevres dans la mer pour les baigner, ces Poissons se mettent à l'entour d'elles, & quand elles en sortent, ils les suivent jusques au bord, comme s'ils avoient peine à les quitter. On pourroit dire que le Sargon, qui se nourrit le plus souvent de bourbe & de limon, suit les Chevres, qui troublent l'eau : ou qu'il aime à pescher en eau trouble : C'est pourquoy Aristote dit qu'après que le *Mullus* ou *Surmullet* a remué le limon le *Sargus* y vient & mange ses restes. *Mulli reliquias sequitur, ascendit & pascitur.*

Des Animaux dont l'Amitié est fondée sur la Seureté.

ARTICLE III.

LA Seureté où peuvent estre les Animaux de diverse espece vient ou du Secours que les autres leur donnent, ou de la Conduite sous laquelle ils se rangent, comme les Abeilles trouvent leur seureté sous le gouvernement

Oppian.

8. hist. 2.

de leurs Rois, les Cailles fous la conduite de l'Ortygometra , & la Balene fous celle de l'Hegemon.

Or on ne peut douter que cette Seureté confiderée à l'égard de ceux qui la donnent , & principalement de ceux qui la reçoivent , ne foit capable de caufer quelque Amitié entre eux, puifqu'ils aiment les chofes qui leur font vtiles, & que la feureté va à leur confervation. Car les premiers ne fecourent ordinairement les autres que contre vn ennemi commun; de forte qu'ils y trouvent la mefme feureté que ceux qui font fecourus. Cela eftant ainfi , il ne peut manquer que fur ce fondement on ne trouve beaucoup de veritables Amitiez parmi eux. Mais il y en a auffi de fauffes. Car pour caufer vne vraye Amitié, il faut que la deffenfe fe faffe de deffein formé : fi elle fe fait par hazard, & contre l'intention de celuy qui la donne, ce ne fera plus vne marque d'amitié à fon égard , ni vne obligation à ceux qui la reçoivent, de l'aimer.

Or comme les exemples que nous avons de l'Amitié qui eft fondée fur la Conduite où les Animaux s'engagent,

font les plus confiderables & les plus certains, nous les propoferons les premiers:
prefuppofant toûjours que nous ne parlons icy que des Animaux qui font de
diverfe efpece : car il y en a qui fe laiffent conduire par ceux qui font de la
leur, comme nous avons monftré dans
l'Article cinquiéme de la feconde Partie
de ce difcours.

Il y a fans doute Amitié entre les
Chiens & le *Beſtail* qu'ils ont en garde.
Car il eft hors de toute apparence que
le Beftail n'aimaft pas les Chiens qui le
conduifent , & qui le deffendent ; &
qu'eux auffi n'euffent pas inclination
pour luy, fçachant par experience & par
l'inftruction qu'on leur donne que les
Loups font leurs ennemis communs.

Mais cette Amitié eft bien plus remarquable dans les *Abeilles*, & les *Rois*
qui les gouvernent : car elle leur eft
infpirée par la Nature dont les liaifons
font bien plus fortes & plus conftantes
que celle que l'experience ou l'inftruction peuvent donner. Qui pourroit douter de l'amitié des Abeilles envers leur
Roy? aprés avoir fceu qu'elles le nourriffent du miel qu'elles font, qu'elles ne

le quittent point quand il fort de la ruche, qu'elles s'amoncelent à l'entour de
luy pour le deffendre, qu'elles le portent quand il ne peut voler) comme
cela luy arrive fouvent, à caufe qu'il
eft plus pefant, & qu'il n'a pas les aifles
fi grandes ni fi fortes qu'elles) & que
s'il vient à mourir, elles quittent la ruche; ou fi quelques-vnes y fejournent
encore quelque temps elles n'y font
plus de miel, & font contraintes à la
fin d'abandonner vne fi funefte demeure.

Mais on s'étonnera de ce que nous met-
tons les Abeilles & leurs Rois parmi les
exemples de l'Amitié qui fe trouve entre
les Animaux de diverfe efpece; puifque
vray-femblablement ils ne doivent pas
eftre d'vne efpece differente. Ce n'eft
pas neantmoins le fentiment d'Ariftote,
qui ne les met pas feulement de diverfe efpece; mais encore de divers genre,
fe trouvant deux efpeces de Rois, &
mefme trois, au jugement de Varron.
En effet, il n'eft pas poffible que cela
foit autrement, y ayant vne fi grande
difference entre eux. 1°. dans la grandeur, les Rois eftant deux fois plus

grands que les Abeilles. 2°. dans les fonctions, ne faisant point comme elles le miel ni la cire. 3°. dans la naiſſance: car la ſemence dont ſe forment les Abeilles ſe change premierement en Ver, qui devient aprés Nymphe, & puis Abeille. Mais celle des Rois, ſans ſe changer en Ver, paſſe immediatement à l'eſpece & à la forme qui leur eſt naturelle. Enfin ils different dans la conformation & dans la ſtructure. Car outre qu'ils ont les aiſles plus courtes, les jambes plus hautes, & vne marque blanche à la teſte, qui, à ce que dit Pline, eſt comme leur Diademe; ils n'ont point d'aiguillon. Ariſtote à la verité dit qu'ils en ont vn; mais Columella, à qui on donne cét honneur de n'avoir guere écrit de choſes dont il n'ait fait l'experience, aſſeure qu'ils n'en ont point; & que ce qui a trompé Ariſtote, ou ceux qui luy en ont donné les memoires, c'eſt vn gros poil que le Roy des Abeilles a dans le ventre, qui n'eſt point ferme & roide comme doit eſtre l'aiguillon. *Rex ſine ſpiculo eſt, niſi quis fortè pleniorem quaſi capillum quem in ventre gerit, aculeum putet; quare pilus iſte fortaſſis Ariſtoteli, vel quiſquis ille tandem fuerit qui id ei perfuafit, impofuerit.*

Sur quoy on pourroit dire en faveur
d'Ariftote, & pour accorder ces deux
grands Hommes, qu'il eft de cette partie comme de quelques autres qui font
dans le corps humain, lefquelles n'ont
point la fonction qu'elles devroient
avoir, & que la Nature n'a données que
pour conferver l'vniformité qu'elle garde autant qu'elle peut dans fes ouvrages. Car les Tetins dans l'Homme ne
font appellez ainfi que par équivoque,
n'ayant point la vertu ni la fonction que
les Tetins doivent avoir , comme ont
ceux des femmes. Ce qui fe trouve donc
dans le ventre du Roy des Abeilles , qui
répond à l'aiguillon, n'eft pas à la verité vn vray aiguillon, parce qu'il ne peut
picquer ; mais c'eft neantmoins vn aiguillon par équivoque, comme les Tetins de l'Homme , que la Nature ne
luy a laiffé que pour garder la reffemblance que la conformation demandoit
en ce genre d'Infectes.

Pour reprendre le fil de noftre difcours,
il eft conftant que les Abeilles & leurs
Rois font de diverfe efpece. Et il eft inutile de dire qu'il n'y a pas apparence que

n'y ayant qu'vn Roy en chaque ruche, il renferme en luy seul toute l'espece qui le rend different des Abeilles. Car il n'y a veritablement qu'vn Roy qui gouverne : mais la Race Royale n'est pas reduite à luy seul ; elle a des Princes qui luy doivent succeder, & qui prennent la conduite des esseins qui se separent du corps de l'Estat, pour faire de nouvelles Colonies.

Or comme les *Guespes* & les *Freslons* ont aussi leurs Rois particuliers, il en est de mesme que des Abeilles, si on en excepte la naissance : car ils se font d'vn Ver comme les Abeilles ; mais la conformation, la grandeur & les fonctions sont differentes de celles de leurs sujets.

Arist. Car ils sont plus grands, ils ne sortent point dehors, & l'on doute s'ils ont vn aiguillon, du moins est-il semblable à celuy des Rois des Abeilles. D'où l'on peut conclure qu'ils sont aussi de diverse espece, & qu'il y a neantmoins amitié entre eux, comme il y en a entre les Abeilles & leurs Rois.

L'Amitié que les *Cailles* ont pour l'*Ortygometra*, est fondée sur le mesme principe que celles dont nous venons

de parler. Car c'eft la Nature qui leur
infpire cette amour pour ceux qu'elle a
deftinez pour les conduire, l'Ortygometra eftant le Chef & le Conducteur
des Cailles quand elles s'en vont. C'eft
pourquoy on l'appelle le Roy des Cailles, & Belon dit que c'eft celuy que
l'on nomme en France le Rafle. Ariftote adjoufte qu'au defaut de l'Ortygometra, le *Cinchramus*, le *Glottis* &
l'*Otus* en prennent la conduite. Mais il
eft fort difficile de dire quels font ces
Oifeaux qu'il n'a fait que nommer fans
les décrire. Scaliger dit qu'il n'y a aucun Auteur qui ait fait mention du Cinchramus; quelques-vns neantmoins difent que c'eft le Hortolan : & Belon affeure que c'eft le *Proyer* ou *Preyer*, qui
s'appelle ainfi ; parce qu'il vit dans les
prez. Celuy-cy conduit les Cailles avec
la mefme perfeverance que l'Ortygometra : il les appelle mefme au point
du jour, & les avertit de continuer
leur chemin : mais le Glottis n'eft pas
vn guide fi fidelle que ces deux-là, puifqu'il ne les conduit qu'vn jour ; aprés
lequel il fe retire & les quitte.

La *Balene* ayant la veuë tres-foible,

à caufe de la quantité de chair & dé
graiffe, qui offufque fes fens, & de la grandeur des fourcils qui luy tombent fur
les yeux, ne peut appercevoir ni la proye
dont elle fe doit nourrir, ni les perils
où elle peut tomber. Et cette grande
& merveilleufe maffe de chair ne pourroit fubfifter long-temps, fi la Nature
ne luy avoit donné vn petit Poiffon pour
luy fervir de guide, de pourvoyeur & de
garde. Car quand elle fe meut, il va
toûjours devant & tout proche d'elle,
& par les divers battemens de fa queuë,
il l'avertit de la proye qui fe prefente,
des lieux où elle peut s'échouër, & des
embufches qu'on luy dreffe. Elle le fuit
auffi, & fans jamais le quitter, elle le
retire dans fa gueule quand il veut
dormir, & fe repofe elle-mefme quand
il eft en repos. Plutarque l'appelle Hegemon, c'eft-à-dire Capitaine, à caufe de
fa fonction; comme Oppian & Ælian He-
geter, c'eft à dire Conducteur. Mais Pline le nomme Mufculus à caufe de fa pe-
titeffe, n'eftant pas plus grand qu'vn Rat.

Iofeph Scaliger dit en fes Memoires
que les *Oifeaux de Paradis* ont vn Roy
d'vne autre efpece. Il adioufte que l'on
tient

tient que les Harencs ont aussi le leur.
Mais encore que les Morpions en ont
vn, & que si on le peut tuer, tous les
autres meurent, qu'il l'a appris d'vn
homme qui l'avoit experimenté. Mais
je n'en croy rien.

Quant aux Amitiez qui sont fondées
sur le Secours que les Animaux se donnent les vns aux autres, celle du *Heron*
& de la *Corneille* est vne des plus remar-
quables : car comme dit Aristote, le
Heron a beaucoup d'ennemis, & n'a
que la seule Corneille pour amie; parce que le Renard est leur ennemi commun, & dont ils se deffendent de concert; mais encore parce qu'ils ont vne
nourriture differente, le Heron vivant
de Poissons, & la Corneille de fruits.

Aristote dit qu'il y a Amitié entre le
Corbeau & le *Renard*, parce que le Corbeau secourt le Renard quand il est attaqué par l'Esmerillon, qui est leur ennemi commun. Car celuy-cy mange
les petits Renardeaux, & le Corbeau
combat contre luy pour la proye. C'est
là sans doute vne Amitié de rencontre.
Car le Renard dresse souvent des embusches au Corbeau pour le manger. Et

H

Avicenne dit avoir veû ces deux Animaux en mesme lieu qui se battoient fortement l'vn l'autre.

Le *Serpent* & le *Renard* font auffi amis, parce que l'Aigle eft ennemi de tous les deux. A vray dire, les Amitiez qui font fondées fur cette raifon, font vn peu fufpectes : Car il ne s'enfuit pas que deux hommes foient amis pour avoir vn mefme ennemi ; & s'il doit y avoir amitié entre eux, c'eft quand ils s'vniffent enfemble pour l'attaquer, ou pour s'en deffendre.

On dit que l'*Efpervier* eft le feul de tous les Oifeaux qui aime le *Hibou*, parce qu'il le protege contre tous les autres, qui s'affemblent autour de luy, & qui le harcelent. Car aprés qu'ils l'ont admiré, comme parle Ariftote, eftans fans doute furpris de la figure extraordinaire d'vn Oifeau qu'ils n'ont pas accouftumé de voir, à caufe qu'il ne paroift que la nuit. Aprés cela, dif-je, ils volent fur luy, & le becquetent προσπετόμθμα τίλλουσι, ils luy arrachent mefme les plumes. Mais l'Efpervier furvenant là-deffus les met en fuite, & fauve ainfi le Hibou de leurs attaques. Il

Arift.
Scalig.

eft aifé de voir que cette protection vient
de pur hazard, & qu'elle ne part d'aucune inclination particuliere que l'Efpervier ait pour luy; mais c'eft que les Oifeaux qui l'attaquent, s'enfuyent fi-toft
qu'ils voyent l'Efpervier qui eft leur ennemi. Et fi celuy-cy ne luy fait alors point
de mal, c'eft qu'ils n'ont rien à démefler
enfemble, l'vn chaffant de jour, & l'autre de nuit.

Pline dit que le *Tinnunculus* ou *Cref-*
ferelle aime les Pigeons, parce qu'il les
deffend contre les attaques de l'Efpervier, lequel il épouvante, & met en
fuite par vne vertu naturelle, qu'il a,
naturali potentia. Il eft vray que l'Efpervier quitte la partie, mais ce n'eft
pas par crainte, c'eft par fa generofité
naturelle, qui l'empefche de fe venger
d'vn Oifeau foible & importun, qui n'attaque que les Souris, les Papillons &
les Sauterelles, & qui a l'audace de venir traverfer fa chaffe par fon vol & par
fes cris. C'eft donc pluftoft le mépris qui
le fait retirer : car on dit la mefme chofe de l'Aigle, qui méprife le criaillement
des Corneilles; & nous voyons tous les
jours que les Dogues & les Lévriers en

font de mefme envers les petits Chiens qui jappent contre eux. La retraite de l'Efpervier fauve à la verité les Pigeons, mais ils ne doivent pas leur falut à l'Amitié que la Creſſerelle a pour eux, ni aux foins qu'elle ait de les deffendre; c'eſt à fon infolence & à l'importunité qu'elle donne à l'Efpervier. Ce feroit donc pluſtoſt eux qui la devroient aimer, à cauſe de l'vtilité qu'ils en reçoivent. Mais on ne voit point qu'ils la recherchent comme les amis ont accoûtumé de faire, au contraire ils la fuyent. Et quoy que Columella & Pline affeurent que le moyen de retenir les Pigeons dans vn Colombier, c'eſt d'y faire enterrer aux quatre coins les Petits de la Creſſerelle, comme fi c'eſtoit le charme de la *Sympathie* naturelle qui eſt entre eux : Il ne faut pas adjouſter foy à des Auteurs fi credules & fi fuperſtitieux. Car quoy que les Pigeons ne quittent pas le Colombier quand on a fait toute cette ceremonie : ce n'eſt pas à cauſe d'elle, c'eſt parce que pour l'ordinaire ils ne changent pas de demeure. Il en faut dire autant fur ce que Didymus affeure en fes Geoponiques que les Pigeons ai-

ment la Chauve-Souris, & que c'eſt
pour cela que ſi on pend ſa teſte au haut
du Colombier, ils ne le quitteront jamais. Il en eſt encore de meſme de ce
que dit l'Ornithologus, que ſi on y pend
le crane d'vn homme, il les empeſche de
le quitter, & les y fait multiplier. Palladius paſſe meſme plus avant, quand il
dit que la meſme choſe arrive, ſi l'on
met à toutes les feneſtres du Colombier quelque partie du cordeau, dont
vn homme aura eſté eſtranglé. Ie m'é-
tonne comment des gens d'eſprit ayent
pû écrire tant de ſottiſes.

Il y a bien plus de vray-ſemblance dans
l'amitié que le *Roſſignol* a pour le *Paon*.
Car comme le Serpent eſt l'ennemi du
Roſſignol, parce qu'il l'empoiſonne en
le regardant, & le mange aprés l'avoir
fait tomber à terre ; le Paon l'eſt auſſi du
Serpent. C'eſt-pourquoy le Roſſignol eſt
en ſeureté auprés du Paon, qui mange
les Serpens, qui les étonne, & les fait
fuir par ſon cri. On pourroit neantmoins
raiſonnablement douter de cette Sympathie. Qui peut avoir fait exactement
cette obſervation? Car on ne voit point
que le Roſſignol recherche le Paon. Qui

peut luy avoir appris que celuy-cy mange les Serpens? Il ne faut point dire que
c'eſt par Inſtinct, & par ces Images que
la Nature donne aux Animaux. Car
elle ne les accorde que pour les ſauver des perils éminens, & dont ils ne ſe
peuvent garentir que par la connoiſſance
qu'elles en donnent. Mais le Roſſignol
n'a pas beſoin de connoiſtre que le Paon
eſt ennemi des Serpens pour en éviter
les embuſches, ayant des moyens plus
ſeurs pour s'en garantir. Nonobſtant ces
doutes il ne faut pas condamner cette
Sympathie cõme fauſſe, on la peut ſeulement tenir en ſouffrance juſques à ce qu'
on en ait fait vne plus exacte recherche.

Il y en a qui diſent que le *Singe* aime
les *Lapins*, parce qu'il les deffend de la
Belette. Mais cette Amitié n'eſt fondée
que ſur vne hiſtoire particuliere d'vn
Singe, qui voyant qu'vne Belette vouloit prendre des Lapins qui eſtoient
dans vne cage, retira adroitement la
cage, & les delivra ainſi des embuſches
de la Belette. Vn fait ſingulier ne conclud point au general.

Il y a quantité de choſes qui font croire que le *Lezard* aime l'*Homme*. 1º. par-

ce que les Lezards se trouvent où il y a
des Hommes. 2°. Lorsqu'ils en apperçoivent quelqu'vn, ils ne les fuyent pas,
& levent la teste pour le regarder. 3°. Ils
aiment sa salive, & la lechent. Enfin le
Lezard éveille l'Homme qui dort, quand
il voit quelque Serpent auprés de luy.
Mais tout cela ne prouve guere bien
qu'il y ait grande Amitié. Car on peut
dire qu'il aime à demeurer auprés des
maisons, parce qu'il y trouve dequoy
vivre ; qu'il n'a pas peur de l'Homme,
qui ne luy fait point la guerre, & avec
qui il est en seureté ; & que cette confiance luy fait lever la teste pour le regarder, sans vouloir prendre la fuite ;
qu'il aime sa salive, parce qu'elle est douce ; & que s'il s'est trouvé quelque homme
qu'il ait réveillé à la veuë d'vn Serpent,
c'est la peur qu'il en a euë luy-mesme,
& que pour le fuir, il a passé par dessus
l'Homme, & l'a ainsi éveillé.

Cœlius Calcagninus dit qu'il y a Amitié entre le *Porc* & le *Crocodile* ; parce que
les Porcs vont sans peril le long des rives du Nil, sans estre attaquez par les
Crocodiles. Cela peut estre arrivé à
quelques Porcs, lorsqu'il n'y avoit point

de Crocodiles prés des rives, ou que ceux qui y eſtoient, eſtoient ſaouls.

On peut mettre en ce catalogue ce que dit Poncetus, que les *Rats* ſont amis des *Serpens*, parce qu'il en a veû qui ſe joüent enſemble. Il ſe trompe : car les Serpens mangent les Rats, & s'il s'en eſt trouvé qui ſe ſoient joüez avec eux, c'eſt comme les Chats qui ſe joüent avec les Souris qu'ils ont priſes avant que de les manger, ou bien il faut que le Serpent qu'il avoit veû fuſt ſaoul.

Ceux qui ont aſſeuré que le *Paſſereau* aime le *Hibou*, parce qu'eſtant pourſuivi par l'Oiſeau, il s'enfuit vers le Hibou, comme à ſon aſyle ; n'ont pas pris garde que celuy-cy le mange, & qu'il n'eſt pas vray-ſemblable que la Nature luy euſt donné cette Inclination qui cauſeroit ſa perte : mais c'eſt le naturel de la pluſpart des Animaux de chercher leur ſeureté par tout quand ils ſont preſſez de leurs ennemis. Il y en a qui ſe jettent entre les mains des Chaſſeurs, quand ils voyent l'Aigle ou l'Eſpervier, & pour ſe ſauver d'vn peril, ils tombent dans vn autre.

Les Relations de l'Amerique nous aſ-

feurent que les *Tigres* difcernent les Indiens d'avec les Eftrangers , que ceux-
cy font en feureté avec eux , & qu'ils
devorent les autres. Iufques là qu'il eft
fouvent arrivé que de deux hommes
qui dormoient enfemble, dont l'vn eftoit
blanc, & l'autre noir, le Tigre a devoré le noir fans faire mal à l'autre. Cela ne viendroit-il point de ce que les
Tigres fçavoient par experience que les
Mores leur faifoient la guerre , & qu'ils
n'avoient point alors éprouvé que les
Eftrangers la leur fiffent ? ou de ce qu'ils
eftoient accouftumez à la chair des Mores , & qu'ils les pourfuivoient comme
leur proye ordinaire.

Des Animaux dont l'Amitié eft fon-
dée fur la Societé.

ARTICLE IV.

LA Societé & la Frequentation font
fans doute les fources dont l'Amitié tire fouvent fon origine , principalement fi elles font longües & continuel-
les. Car les Animaux s'accouftument
par là, & fe familiarifent les vns avec
les autres, & contractent à la fin quel-

que forte d'Amitié, qui les fait vivre
en paix & fans jaloufie, & qui donne
de la peine à quelques-vns quand ils font
contraints de fe feparer. Elle fe fait
mieux connoiftre dans les Animaux de
mefme efpece, parce qu'elle y eft foû-
tenuë par l'Inftinct; & dans les Animaux
domeftiques, parce qu'ils font plus fouvent enfemble. Il y a neantmoins quelques exemples de celle qui fe trouve
en ceux qui font fauvages ; & les plus
farouches mefme n'en font pas exempts.
Car les Hiftoires nous apprennent que
les Lions, les Tigres & les Ours ont eu
de l'amour pour quelques Animaux,
que la Societé & la Frequentation leur
avoient donnée. L'exemple de ce Lion
qui eftoit aux Tuilleries du temps de
François I. eft remarquable : Il avoit
pris amitié pour vn petit Chien, qui par
fa fubmiffion, par fon enjoüement & par
fes careffes, avoit d'abord trouvé grace
auprés de luy, & avoit enfin gagné fon
amitié par la longue frequentation qu'ils
avoient euë enfemble. Le Lion eftant
vn jour forti de fa loge, dont il avoit trouvé la porte ouverte, fon Gouverneur
qui vit le ravage qu'il alloit faire, pour le

rappeller, eut l'adreſſe de faire crier le
petit Chien qu'il aimoit, & le Lion ne
l'eut pas pluſtoſt entendu, qu'il rentra
pour le ſecourir, faiſant plus d'eſtat de
ſon camarade, que de ſa liberté.

Avec tout cela il faut avoüer que de
toutes les marques qui font connoiſtre
l'Inclination que les Animaux ont l'vn
pour l'autre, celle-cy eſt la plus incertai-
ne & la plus trompeuſe. Car pour les
voir en meſmes lieux, & vivre paiſiblement enſemble; ce n'eſt pas à dire qu'il y
ait amitié entre eux. Les plus grands ennemis vivent en paix les vns avec les autres, quand ils ſont ſaouls, ou qu'ils ont
abondance des choſes qui ſervent à leur
nourriture. Ceux qui ſçavent ne pouvoir eſtre la proye des autres, peuvent
demeurer avec eux, ſans que l'on puiſſe dire qu'ils ſoient amis. Auſſi y a-t-il
vn eſtat moyen entre l'Amour & la Haine, à ſçavoir l'Indifference dans laquelle
vn Animal peut vivre en paix avec vn
autre ſans l'aimer & ſans le haïr. C'eſt
ce que nous allons faire voir, & monſtrer
par conſequent que la pluſpart des Amitiez qu'on a établies ſur ce fondement,
ſont fauſſes ou incertaines.

Tous les Auteurs qui ont traité de
ces matieres, asseurent que l'Espervier
aime l'Homme par vn secret Instinct
de Nature; d'où vient qu'il n'y a point
d'Oiseau de proye qui s'apprivoise si facilement, ni qui soit si docile que luy : &
que mesme au rapport d'Aristote les Esperviers qui ne sont pas apprivoisez, se
joignent aux Chasseurs, & les aident à
chasser. Ælian mesme dit que cét Oiseau est touché de pitié à la mort des
Hommes, qu'il les plaint, & qu'il les
couvre de terre, comme s'il avoit soin
de les inhumer. Mais ces raisons là ne
prouvent point qu'il y ait aucune Sympathie naturelle entre eux. Car sans s'arrester à ce que dit Ælian, qui est vn
Auteur apocryphe en ces matieres, &
qui a rempli de fables la plus grande
partie de son ouvrage : Outre qu'on peut
dire sur l'autorité d'Aristote que les Esperviers se joignent aux Chasseurs plû-
tost pour avoir part à la proye, que pour
aucune amitié qu'ils ayent pour les hommes, puisque nos Hobereaux font la
mesme chose sans qu'aucun ait jamais
dit qu'ils ayent amitié pour eux. Il est
certain que l'Espervier s'apprivoise fa-

cilement, & eſt plus docile que les autres ; parce qu'il eſt le plus genereux
de tous les Oiſeaux de proye, ayant vne
hardieſſe noble & gaye, qui a confiance
en ſes forces, & qui n'eſt point ſoupçon-
neuſe. Car la generoſité de cette nature
eſt accommodante, docile & traitable.
Celle de l'Aigle eſt chagrine, farouche,
& plus difficile à apprivoiſer, à cauſe
du temperament atrabilaire dont elle eſt
pourveuë, au lieu que celuy de l'Eſpervier eſt bilieux, ſanguin : D'où vient
qu'il eſt plus vif en toutes ſes actions,
qu'il a les yeux plus brillans & plus mo-
biles. Et pour monſtrer que la bile toute pure ne fait pas ſon temperament
comme on a dit, qu'elle eſt adoucie
par le ſang, & que c'eſt de là que vient
la docilité qu'il a ; c'eſt que ceux qui
naiſſent dans les païs froids, où le ſang
abonde, ſont plus grands & plus dociles que les autres : cette humeur ren-
dant la bile plus douce & plus traitable.
Quant aux autres Oiſeaux de proye, ils
ſont ſoupçonneux, dautant qu'ils ſont
foibles, & qu'ils ſe deffient de leurs forces comme le Vautour, le Milan, &c.
C'eſt-pourquoy ils ne s'apprivoiſent pas

facilement, à caufe que tout leur fait ombrage.

Au refte, pour marque de la generofité de l'Efpervier, tous les Chaffeurs affeurent que lorfqu'il fait froid, il prend le premier petit Oifeau qu'il rencontre, & le tient toute la nuit entre fes ferres pour les échauffer, & fans luy avoir fait aucune autre violence, il luy donne au matin la liberté, prenant fon vol d'vn autre cofté, afin de ne le retrouver pas en fon chemin.

Et peut-eftre que fur cette obfervation Porphyre a dit qu'il aime la *Tourterelle*; parce qu'il la laiffe aller aprés l'avoir prife. Ou bien il faut que cela foit arrivé aprés avoir fait curée, & lorfqu'il eftoit faoul; & que par vne erreur qui eft affez ordinaire dans les obfervations phyfiques, on ait tiré d'vn fait particulier & fortuit vne confequence generale.

Oppian dit que le *Loup* & le *Perroquet* s'entre-aiment, parce qu'ils paiffent enfemble. Mais en quel païs a-t-on veû des Loups avec des Perroquets? Car je ne croy pas qu'on ait fait cette obfervation aux Indes d'où viennent les Perroquets, & principalement aux fiecles

qui ont precedé Oppian, aufquels ces
regions n'eſtoient pas bien connuës. Et
quant aux Perroquets, qu'on nous en
apporte, ils ne vont pas dans les bois où
les Loups ſe retirent. En tout cas tout ce
que l'on en pourroit dire, ce ſeroit que
le Perroquet vit en ſeureté auprés du
Loup, parce qu'il ne peut eſtre ſa proye
à cauſe de ſon vol ; & qu'il a vn vivre
tout different du ſien.

On dit encore qu'il y a amitié entre le
Perroquet & la *Tourterelle. Semper & à vi-*   *Ovid.*
ridi Turtur amatur ave. Ce n'eſt pas Amitié, c'eſt qu'ils demeurent paiſiblement
enſemble, n'eſtant point malfaiſans, &
n'ayant rien à démeſler pour le vivre,
qui le plus ſouvent eſt cauſe de l'inimitié qui ſe trouve dans les Animaux.

Les *Corneilles* & les *Cicongnes* s'entre-
aiment, car comme dit Saint Baſile, les
Corneilles les accompagnent quand elles ſe retirent, elles les environnent &
leur ſervent de guides; de ſorte qu'il ſemble que ces Oiſeaux ayent alliance enſemble pour faire la guerre contre leurs
ennemis ; en effet on ne voit point de
Corneilles en ce temps-là, & aprés elles
reviennent toutes ſanglantes & couver-

tes de playes, qui font les marques du
fecours qu'elles ont donné à leurs amis.
Mais il ne faut pas s'étonner fi elles accompagnent les Cicongnes, puifque ce
font des Oifeaux de paffage comme elles; & l'on peut dire que l'Amitié qu'-
elles ont eft vne amitié de rencontre, &
telle qu'elle fe peut faire entre des gens
qui voyagent enfemble.

Arift. 9.
hift.

La *Chouëtte* & le *Gavia*, qui eft vn Oifeau de mer, qu'on appelle *Larus*, *Mouët-*
te, font amis, parce qu'ils vivent enfemble, fans s'attaquer l'vn l'autre, & n'ayant
aucun fujet de querelle entre eux; dautant que leur vivre eft different; la
Chouëtte fe nourriffant d'Infectes, & le
Gavia de chair. Mais comme nous avons
dit, cela ne marque point d'amitié particuliere.

Il en faut dire autant de l'*Attagen*, ou
Francolin, & du *Cerf*, que l'on affeure
eftre amis pour la mefme raifon: car ils
vivent paifiblement enfemble, ne crai-
gnant rien l'vn de l'autre. Et comme le
Francolin fe familiarife avec le Cerf,
cela eft caufe qu'il vole fouvent fur luy,
comme il arrive aux Corneilles qui fe
mettent fur le dos des Vaches & des
Porcs,

Porcs, fans que pour cela il y ait amitié
entre eux.

S'il y a quelque veritable Amitié que
la Societé faffe naiftre, c'eft celle qui eft
entre les Paons, les Pigeons, les Poules,
les Oyes & les Cannes; parce que tous
ces Oifeaux font le plus fouvent enfemble, & qu'ils vivent en paix, & fans jaloufie.

On en peut dire autant des *Brebis* &
des *Chevres*, entre lefquelles on dit qu'il
y a vne Amitié fecrette, fur ce qu'elles
paiffent enfemble, & qu'elles fe laiffent
conduire par vn mefme Pafteur & par
de mefmes Chiens. Mais cela ne marque point de Sympathie fecrette, & leur
Amitié ne vient que de la Societé qu'-
elles ont enfemble. Quelle qu'elle foit
neantmoins, les Chevres ne fe meflent
pas avec les Brebis quand elles vont en
troupe, & ne fouffrent pas mefme qu'-
on les faffe aller aprés celles-cy, & prennent toûjours le devant, comme Ælian
a remarqué.

Mais pour les autres, dont la frequentation n'eft pas fi ordinaire, ils n'ont
point entre eux de vraye Amitié, & s'ils
vivent en paix les vns avec les autres,

I

c'eſt ſans haine & ſans amour. Telle eſt
la *Perdrix*, que l'on dit aimer les Ramiers, les Poules, & tous les Oiſeaux
poudreux; & meſme les Bœufs, les Chevaux, les Cerfs & les Daims; parce qu'-
elle ne les fuit point, connoiſſant bien
qu'ils ne luy feront point de mal : mais
à vray dire, elle ne les aime ni ne les
hait.

Et ſi l'on dit que les *Poules* ont plus
d'amitié avec le Porphyrion, qui eſt la
Perdrix rouge, comme a remarqué Æ-
lian; c'eſt que cette ſorte de Perdrix ne
fuit pas ſi facilement que la Griſe, ſoit
parce qu'elle n'eſt pas ſi timide que celle-cy; ſoit parce qu'elle eſt plus peſan-
te & plus pareſſeuſe à partir.

Il ſemble qu'il y ait Amitié naturelle
entre les *Poules* & le *Cheval*, parce que
le Poulſin venant de naiſtre, n'a point
peur du Cheval. Mais cela vient de ce
qu'il ſçait que ce n'eſt point vn ennemi
qui attente à ſa vie, n'ayant point d'I-
mage naturelle qui luy en donne connoiſſance, comme il en a vne du Milan, qu'il craint du moment qu'il eſt
né.

Suidas appelle la *Huppe* l'hoſteſſe du

Roſſignol, de ſorte qu'il y doit avoir Amitié entre eux. Mais je ne ſçay où il a pris cela ; car le Roſſignol ne loge point avec la Huppe. Et cela ne s'ajuſte pas avec la Fable de Terée, qui fut changé en Huppe, & qui pourſuivit l'eſpée à la main Philomele & Progné pour les tuer toutes deux. En effet, il y a inimitié entre la Huppe & l'Hirondelle, parce qu'ils vivent de vers & de mouches, & par conſequent il y en doit avoir avec le Roſſignol, qui ſe nourrit auſſi des meſmes Inſectes.

La *Grive* & le *Merle* s'entre-aiment à ce que dit Pline ; mais Ariſtote au lieu du Merle dit la *Tourterelle*. L'vn & l'autre peut eſtre veritable : car on les voit ſouvent enſemble, aimant les bois en Eſté, & les collines & les hayes pendant l'Hyver ; cherchant leur nourriture en tous ces lieux-là.

Pline aſſeure que le *Tinnunculus* ou *Creſſerelle* aime les *Hommes*, ſur ce fondement qu'elle ne s'éloigne guere de leur habitation. Mais ce n'eſt pas à cauſe d'eux, c'eſt qu'elle s'y nourrit de Rats & d'autres choſes qui ſe trouvent en ces lieux-là.

L'*Erythacus* ou *Gorge rouge* aime le *Merle*, il le fuit, & demeure prefque toûjours auprés de luy, fe perchant fur les arbres qui en font proches. Mais ce n'eft pas par amitié, c'eft que l'vn & l'autre aiment les lieux couverts, & fe trouvent par confequent en mefme endroit.

Plutar. On en peut dire autant du *Loup* & du *Pivert*, que l'on croit eftre amis, parce que où il y a des Loups, on y voit auffi des Piverts, car ils aiment les bois, & s'y rencontrent fouvent enfemble.

Ariftote dit que le *Serpent* & le *Renard* s'aiment parce qu'ils demeurent paifiblement en mefme taniere. Cette Amitié m'eft fort fufpecte. Car il n'y a point d'Animal qui ne haïffe le Serpent à caufe de fon venin. On dit mefme qu'en Egypte ces deux Animaux fe font eternellement la guerre. Et pour les avoir trouvez en mefme taniere, c'eft qu'ils ne font point la proye l'vn de l'autre; & cela mefme peut eftre arrivé en Hyver, lorfque les Serpens font ftupides. Il y auroit plus d'apparence de fonder cette Amitié fur ce que l'Aigle eft leur ennemi commun, comme nous avons dit. Neantmoins ils ne fe deffendent pas de concert contre

luy : Et l'Amitié de ceux qui ont vn mefme ennemi , n'eft que quand ils l'attaquent, ou qu'ils s'en deffendent concur-
remment.

Ælian dit que l'*Hirondelle* aime l'*Homme*, parce qu'elle habite avec luy : Mais
Plutarque veut qu'elle le haïffe , puifqu'il ne la peut apprivoifer. Pour les
mettre d'accord, il faut dire qu'elle ne
l'aime ni ne le hait; & fi elle demeure
auprés de luy, c'eft qu'il ne luy fait point
la guerre, ni ne luy dreffe aucune embufche pour la prendre ; car il n'y a
point d'Animal qui ne fuye les lieux où
il trouve du danger.

On tient qu'il y a Amitié entre l'*Ef-* Gefner.
turgeon & le *Saulmon* , de forte qu'on
appelle le premier le Roy & le Capitaine des Saulmons : Car quand on le
voit en vne riviere , c'eft vn figne certain qu'il y viendra des Saulmons. Il y
auroit fujet de douter de cette obfervation , parce que le Saulmon cherche
la fource des rivieres , & que l'Eftur-
geon aime la grande eau : neantmoins
il eft certain que les Saulmons fe trouvent dans les rivieres quand les Efturgeons y paroiffent , parce qu'ils vivent

de mefmes alimens, à fçavoir de l'eau
douce & bourbeufe. βορϐόρῳ τρέφονται.
Et de fait pour monftrer que ces Poiffons vivent de cela, c'eft qu'on ne trouve dans leur eftomach qu'vne humeur
épaiffe. Car c'eft la raifon qu'apporte
Ariftote pour monftrer que le Capito &
le Mugil ne mangent point de chair.
Quand donc les rivieres fe font débor-
dées, les Efturgeons & les Saulmons y
entrent pour fe nourrir de l'eau bourbeufe que la creuë des eaux caufe toûjours ; de forte qu'ils ne fe fuivent pas
pour Amitié qu'il y ait entre eux, mais
à raifon des vivres qu'ils y cherchent.

Des Animaux dont l'Amitié eft fon-
dée fur la Commodité.

ARTICLE V.

SOvs le mot de *Commodité*, qui fert
de fondement aux Amitiez donc
nous voulons parler en cét Article, font
comprifes toutes les chofes qui ne regardent point la confervation de la vie ;
comme font les foins que l'on prend
des Animaux, les careffes qu'on leur

fait, & les qualitez fenfibles qui ne fervent point à la nourriture, telles que
font les couleurs, les fons & les odeurs.
Car les Animaux n'aiment pas feulement ces qualitez-là; mais encore ceux
qui les leur communiquent; puifque
Arion fut aimé des Dauphins à caufe
de la mufique, & que les beftes aiment
la Panthere à caufe de fon odeur, fi
tant eft que ces relations foient veritables.

Pour ce qui eft des foins qu'on prend *Arift.6.hift.*
d'eux, & des fervices qu'on leur rend,
il eft certain qu'ils fe laiffent adoucir &
apprivoifer par là. Διὰ τὰς ὠφελείας ἡμε-
ρῦται, comme dit Ariftote: parce qu'ils
fe fouviennent du bien qu'on leur a fait,
& en attendent encore de femblable.

Quant aux careffes, elles leur font
connoiftre non feulement qu'ils n'ont
rien à craindre de ceux qui les leur font,
& qu'ils font en feureté avec eux; mais
encore qu'ils leur veulent du bien, fe
fouvenant de celuy qu'ils en ont déja
receu.

Il n'y a point d'Amitiez qui foient fi
communes & fi manifeftes que celles-
cy, puifque tous les Animaux domefti-

ques, & ceux qui font apprivoifez, en donnent tous les jours des exemples. Car il n'y en a pas vn qui n'aime ceux qui les careffent, & principalement le Cheval, le Chien & le Chat. Les plus fauvages mefmes ont de l'amitié pour ceux qui les gouvernent ; & les Hiftoires font pleines de la reconnoiffance que les Lions, les Tigres & les Serpens mefme ont euë du fecours que les Hommes leur avoient donné.

C'eft vne opinion commune que tous les *Animaux* aiment la *Panthere*, & qu'ils la fuivent à caufe de fon odeur : Mais cette amitié m'eft fort fufpecte. Car outre qu'il n'y a aucune apparence que les Animaux à qui la Nature a donné vne fecrette connoiffance de ceux qui attentent à leur vie, puiffent avoir de l'amitié pour vne befte fi feroce & fi cruelle, & dont le feul regard donne de la terreur à toutes les autres, c'eft-pourquoy elle s'appelle πάνθηρ, c'eft-à-dire, toute farouche : Comment eft-il poffible qu'Ariftote, qui a efté fi foigneux à marquer les Amitiez qui fe trouvent entre les beftes, ait oublié celle-cy, eftant fi confiderable & fi finguliere ? On dira fans doute que les Animaux n'aiment pas la Panthere, mais fon odeur feulement. Il eft vray qu'Ariftote le dit dans fon Hiftoire, & en fes Problémes. Neantmoins fi on prend garde à fes paroles, il ne l'affeure pas, il rapporte feulement l'opinion de ceux qui avoient cette croyance, λέγυσι, *on dit ὅτι τῇ ὀσμῇ αὐτῆς χαίρυσι τὰ θηεία, que les Beſtes ſe plaiſent à ſon odeur.* En effet, comment l'auroit-il pû croire, puifqu'il affeure que hors l'Homme, il n'y a aucun Animal qui prenne plaifir aux odeurs : C'eft-à-dire aux odeurs confiderées en elles-mefmes; Car il ne faut pas douter qu'ils n'aiment les odeurs qui leur font connoiftre la bonté des alimens, leurs Femelles quand ils font en amour, & autres pareilles neceffitez de la vie. Au refte, il paroift bien par ce texte d'Ariftote, que la Panthere & la Pardalis ne font qu'vne mefme chofe, quoy que Xenophon en parle comme fi c'eftoient deux efpeces differentes. Παρδάλεις, dit-il, ϗ παν-θῆρες. Car outre qu'Ariftote ne nomme la Panthere en aucun endroit, il dit que les Animaux prennent plaifir à l'odeur

13. Prob.

13. Prob.

1.de fenfu 5.

1. de vena-tione.

de la Pardalis, ce qui ne se dit d'aucun autre Animal que de la Panthere.

Arist.

L'Amitié du *Crocodile* envers le *Trochilus* est bien plus vray-semblable, puisqu'elle est fondée sur la Commodité que le Crocodile reçoit de cét Oiseau. Car comme il y a des restes des animaux qu'il devore, qui demeurent entre ses dents, n'ayant point de langue, par le moyen de laquelle il les pourroit nettoyer : il s'y engendre des vers qui l'incommodent ; & ce petit Oiseau les voyant, entre dans la gueule du Crocodile, & les mange. Cela plaist au Crocodile, qui le laisse faire, parce que cela le soulage ; & puis il le laisse aller Iean Leon. sans luy faire mal. Quelques-vns neantmoins disent qu'aprés que le Trochilus a nettoyé ses dents, il ferme la gueule pour le dévorer ; mais que le Trochilus leve vne épine qu'il a sur la teste, de laquelle il pique le palais du Crocodile, & le contraint de r'ouvrir la gueule. Mais si cette derniere remarque est veritable, l'Amitié du Crocodile peut estre comparée à celles de la plufpart du monde, qui ne durent qu'autant de temps qu'elles sont vtiles ; &

qui ont auſſi tres-ſouvent les meſmes
ſuittes que la ſienne. Car ſans ſe ſouvenir du ſervice qu'il luy vient de rendre, il taſche de le perdre. I'eſtime
pourtant que ſi cela arrive quelquefois,
il faut que ce ſoit aux jeunes Crocodiles, qui n'ont point encore éprouvé la
piqueure de cét Oiſeau : car cette cruelle beſte eſtant auſſi ruſée qu'elle eſt, ne
ſe mettroit pas dans le peril d'eſtre
bleſſée vne ſeconde fois, & de ſe priver
d'vn ſecours qui luy eſt tant de fois neceſſaire. Quoy qu'il en ſoit, il paroiſt
par cette Relation, que ce Trochilus n'eſt
pas le Roytelet, comme la pluſpart du
monde croit ; car outre que le Roytelet
n'a point d'épine ſur la teſte, Scaliger
aſſeure que c'eſt vn Oiſeau blanc, qui eſt
de la grandeur d'vne Grive, & qui a vne
creſte aiguë, qu'il éleve & rabat quand
il luy plaiſt.

On dit que le *Milan* aime le *Cocu*, parce que comme l'vn & l'autre ſont des
Oiſeaux paſſagers, lorſqu'ils doivent s'en
aller en des païs plus chauds, les Mi-
lans ſupportent les Cocus, & leur aident à voler, ceux-cy n'ayant pas aſſez
de force pour vn ſi long vol. Mais il fau-

droit que cela fuſt verifié par pluſieurs
obſervations pour le pouvoir croire.

Il y en a qui ont aſſeuré qu'il y avoit
Amitié entre l'*Alloüette* & le *Crapaut*,
parce que celuy cy couve les œufs de l'A-
loüette. Mais cela eſt faux. Et peut-eſtre
que cette erreur eſt venuë de ce que l'on
a veû quelque Crapaut ſur les œufs de
l'Allouëtte, parce qu'elle pond toûjours
à terre , & que de là quelqu'vn a jugé
qu'il les couvoit.

DE
LA HAINE
QVI SE TROVVE
ENTRE LES ANIMAVX.

Quelle eſt la cauſe en general de la Haine des Animaux.

PARTIE I.

POVR entrer dans cette profonde & ſubtile recher-che, il faut preſuppoſer qu'il n'y a point d'Animal qui en haïſſe vn autre, que ce ne ſoit pour quelque dommage ou incommodité qu'il en peut recevoir; Et c'eſt vne erreur frequente en cette

matiere, de dire qu'il y a inimitié entre le Loup & la Brebis, entre le Milan & le Poulſin; parce qu'il n'y a que
la Brebis & le Poulſin qui ſoient en peril, & qu'il n'y a qu'eux par conſequent
qui haïſſent : Car le Loup & le Milan
ne les peuvent haïr, puiſqu'ils n'en peuvent recévoir aucune incommodité, &
qu'ils les recherchent pour leur aliment
le plus agreable. Mais quand le dommage eſt mutuel, alors la Haine eſt mutuelle, comme eſt celle du Corbeau &
& du Milan, qui s'oſtent la proye l'vn
à l'autre; ou celle du Scorpion & de la
Vipere, qui ſe tuënt l'vn l'autre par
leur venin.

Il faut encore remarquer qu'il y a
dans les Animaux des Haines Naturelles, qui ſont nées avec la vie, comme celle de la Brebis envers le Loup;
Et d'autres qui ſont Fortuites & de rencontre, comme celles qui viennent pour
les alimens, pour l'habitation, pour le
lieu, &c. Et que de celles qui ſont Naturelles, il y en a qui ſe forment par la
connoiſſance des ſens, & d'autres qui
ne dépendent point d'elle. Car la Haine que le Cheval a contre le Chameau

est à la verité naturelle ; mais elle dépend du sens, puisque c'est à cause de
son odeur qu'il ne le peut souffrir, &
que naturellement il a aversion contre
elle, comme tous les Animaux en ont
contre toutes les qualitez sensibles qui
leur sont fascheuses. Mais la Haine que
la Brebis a contre le Loup, ne vient
pas de la connoissance des sens ; puisque dés la premiere fois qu'elle le voit,
lorsqu'elle n'a pas encore éprouvé le
mal qu'il luy peut faire, elle le craint
& le fuit. La question est donc de sçavoir comment cette sorte de Haine se
forme dans l'ame des Animaux : Car
pour celle qui vient de la connoissance
des sens, il semble qu'il n'y ait aucune
difficulté ; puisque le sens fait connoître les choses qui incommodent l'Animal, & que l'appetit se meut en suite
de ce jugement, & forme la passion de
la Haine.

DE toutes les opinions qu'on a euës *Que*
sur cette difficulté, la plus commune est *l'Antipa-*
celle qui rapporte cette Haine à l'An- *thie n'est*
tipathie, & à la Contrarieté naturelle *pas la cau-*
qui se trouve entre les Animaux. Mais *se natu-*
relle de la

comme elle n'eſt pas d'accord de la nature de cette Antipathie ou Contrarieté, elle a fait divers partis ; les vns
croyans qu'elle conſiſte dans la ſubſtan-
ce des choſes , les autres dans les vertus occultes , & les autres dans les qualitez manifeſtes. Il n'eſt pas neceſſaire
d'entrer dans l'examen de ces diverſes
opinions , puiſqu'elles ont vn meſme
fondement , & qu'en la ruïnant elles
doivent tomber toutes enſemble.

Car s'il eſtoit veritable que l'Antipathie ou Contrarieté naturelle fuſt la
cauſe generale de ces averſions , il n'y
en auroit pas vne qui ne fuſt mutuelle
& reciproque ; & il faudroit que le Loup
ne haïſt pas moins la Brebis , que la
Brebis fait le Loup ; comme le froid
n'eſt pas moins contraire au chaud,
que le chaud l'eſt au froid. Or il n'y a pas
d'apparence de dire que le Loup haïſſe la Brebis, puiſqu'il la recherche comme vne choſe qui luy eſt vtile , qui ne
luy peut cauſer aucun mal , ni par conſequent donner aucun ſujet de Haine ;
ou bien il faudroit dire que nous avons
de l'averſion contre elle quand nous la
tüons pour la manger.

Ie

Ie fçay bien que fur cét exemple on m'oppofera quantité d'obfervations, qui femblent prouver qu'il y a non feulement vne Haine reciproque entre ces deux Animaux ; mais encore quelque Contrarieté naturelle, que la mort n'a pas le pouvoir d'affoupir, & qui fe conferve aprés qu'ils ont perdu la vie. Car outre que l'Experience nous apprend qu'vn Loup tuë quelquefois tout vn troupeau de Brebis, & que c'eſt vne marque évidente que ce n'eſt pas la feule faim qui luy fait faire vn fi grand carnage, mais quelque inimitié fecrette qu'il leur porte : On dit que les cordes qui font faites de leurs boyaux ne fe peuvent jamais accorder enfemble : Que fi l'on fait des tambours de la peau de l'vn & de l'autre, celle du Loup oſtera le fon à celle de la Brebis : Que fa queuë penduë, ou fa teſte enterrée aux lieux où les Brebis paiſſent, les empeſche de manger : Que la chair de celles qu'il a tuées fe corrompt plus promptement qu'vne autre : Et qu'enfin la vermine s'engendre ordinairement dans la laine de celles qu'il a morduës.

Que la Haine des Animaux ne continuë pas aprés leur mort.

Albert.

Rhafis. Cardan.

Oppian.

Ariſtot.

K

Mais à bien examiner toutes ces raisons, elles ne prouvent point du tout ce que l'on pretend. Car si le Loup tuë plus de Brebis qu'il ne luy en faut pour contenter sa faim ; cela vient en partie de son avidité naturelle, qui luy fait desirer plus qu'il n'a de besoin ; En partie de ce qu'il aime le sang, dont il faut vne grande quantité pour le rassasier. Quant à l'observation des Cordes, je veux croire que si on l'a faite, ce qui est fort douteux, il peut estre arrivé qu'elles ne se soient pû accorder, puisqu'il y a quelquefois bien de la peine d'en rencontrer deux parmi celles dont nous nous servons ordinairement, qui soient bien justes. Mais je tiens pour certain que si celles du Loup estoient bien faites, & que l'on en eust beaucoup à choisir, l'on en pourroit trouver qui s'accorderoient avec celles de Brebis, comme celles-cy s'accordent avec celles de Chevre : C'est-pourquoy j'estime que cette observation est fausse aussi bien que celle des Tambours, qui est tout-à-fait ridicule. Si ce n'est qu'on voulust dire que la peau du Loup estant plus dure que celle de la Brebis, resonne

davantage , & qu'elle fait paroiftre le
fon de l'autre plus foible , par la com-
paraifon que l'oreille en fait.

Pour les autres , quoy qu'elles puiffent eftre veritables, on n'en peut rien
conclurre à l'avantage de cette Contrarieté naturelle que l'on met en avant.
Car fi les Brebis n'ofent manger au lieu
où la queuë du Loup fe trouve penduë;
cela vient de ce qu'elles la reconnoiffent, & qu'elles fe remettent alors en
memoire le fouvenir de cét ennemi,
dont la feule penfée leur donne de l'effroy , & leur ofte le foin de repaiftre.
Il leur en arrive autant quand on y a
enterré fa tefte, parce qu'elles en fentent l'odeur, qui leur donne la mefme
crainte. Et il eft encore certain que la
chair de celles qu'il a tuées fe corrompt
aifément : Mais cela procede en partie
de la peur qu'elles ont euë, qui la rend
plus tendre , & qui la difpofe à la pourriture; En partie des dents & de l'haleine du Loup, dont la vertu eft diffol-
vante & putrefactive , auffi bien que
celle du Lion , & d'autres femblables
Animaux, comme nous avons monftré
au Livre de la digeftion ; car cette qua-

lité fond les chairs, & rend mefme la laine plus molle & plus foible. Et fans doute, s'il eft vray que la vermine s'engendre dans la laine de celles qui en ont efté morduës, cela vient de cette qualité putrefactive, qui laiffe vne difpofition pour engendrer ces Animaux, qui doivent toute leur naiffance à la pourriture.

Plin.
Ælian.

On apporte encore l'exemple du Cheval, qui s'étonne quand il marche fur les traces du Loup, en forte qu'à peine peut-il aller quelque temps aprés; Qui ne veut point paffer fur le lieu où on a

Pierius.
Plin.

enterré fes entrailles; Et qui devient plus vifte quand on attache à fon col les dents de cét Animal, ou quand il s'eft fauvé de fes attaques.

Mais ces effets n'établiffent point la Contrarieté naturelle dont eft queftion; puifque les deux premiers procedent de l'odeur, que le Loup a laiffée fur fes traces, & que fes entrailles exhalent dans l'air qui environne le lieu où elles font enterrées. Car le Cheval venant à les fentir, il fe reprefente en mefme temps fon ennemi, & le danger qu'il courroit à fa rencontre. Pour ce qui eft des dents, qui attachées à son col, le rendent plus viste, il y a grand sujet de croire que cela n'est pas veritable; ou bien il faudroit qu'elles fussent fraischement arrachées de la gueule du Loup, & que l'odeur fist ce que nous venons de dire. Et pour ce que l'on asseure des Poulains, qui deviennent plus legers quand ils sont vne fois échappez du Loup ; il est certain qu'ils n'en sont pas devenus plus vistes pour s'estre sauvez ; mais qu'il a fallu qu'ils ayent esté plus vistes pour s'en sauver.

On adjouste à ces observations celle des plumes de l'Aigle, qui consument *Albert.* celles des Oyes & des Cannes ; de la *Albert.* peau de Loup, qui fait tomber la laine *Porta.* de celle de Brebis ; Et de la peau de Hyene, qui corrompt celle du Loup & du Chien. Mais tout cela vient d'vn esprit acre & corrosif, qui abonde en ces Animaux, & qui se conserve dans leurs dépouïlles aprés qu'ils sont morts; ou de ce que les plumes de l'Aigle, & le poil du Loup ayant plus de dureté, consument les autres, comme les fils de chanvre vsent les fils de laine qui sont tissus ensemble.

K iij

Enfin, pour la derniere & plus certaine preuve de cette Contrarieté pretenduë, ils proposent ce qu'Aristote a dit du sang de l'Ægithus & du Florus, qui ne se peut mesler l'vn avec l'autre; L'inimitié qu'ils ont euë durant le cours de leur vie, se conservant ainsi aprés leur mort. Mais oûtre qu'Aristote ne rapporte pas cette observation comme vne chose dont il fûst asseuré, & que beaucoup la tiennent pour fabuleuse; ces deux Oiseaux nous sont inconnus, car Scaliger se mocque de ceux qui prennent l'Ægithus pour la Linote, & quelques-vns se mocquent de luy, d'avoir pris le Florus pour le Bruant. Ælian mesme, aü lieu de l'Anthus ou Florus, dit cecy de l'Acanthis, qui est le Serin ou le Tarin. En tout cas, s'il est vray que leur sang ne se mesle point, cela peut venir de ce que l'vn est plus épais ou plus gras que l'autre. On a dit aussi que le Coq ne chante plus quand on luy a frotté la creste avec du sang de Milan; mais cela n'est pas vray. Ces observations ne peuvent donc fournir aucune preuve de cette Contrarieté naturelle qu'on s'est imaginée entre ces

Arist.

Animaux, puifqu'elles fuppofent d'autres caufes.

Aprés tout, quand il feroit vray que la Haine qui eft entre ceux dont nous venons de parler, fuft reciproque, il ne s'enfuivroit pas qu'elle le fuft aux autres. Les Chats ne haïffent pas ceux qui ont vne averfion naturelle contre eux ; & perfonne n'a encore dit que le Coq haïffe le Lion, ni le Roytelet l'Aigle. Ce n'eft donc pas l'Antipathie qui eft la caufe generale de ces fortes de Haine, puifqu'elles ne font pas toûjours reciproques.

D'ailleurs, fi l'Antipathie prefuppofe des qualitez contraires, qui agiffent phyfiquement fur les chofes, quelle qualité fe peut - on figurer qui puiffe fortir du Milan, pour agir fur le Poulfin dans vne fi grande diftance, comme eft celle dans laquelle il luy paroift quelquefois, & qui pour grande qu'elle foit, n'empefche pas que le Poulfin ne tremble, & ne s'enfuye à la premiere veuë qu'il en a ? Car cela eft inconcevable, s'il eft vray que l'action des qualitez phyfiques foit bornée à de certains efpaces, au delà defquels elles ne peu-

K iiij

vent produire leurs effets. Aprés tout, que pourra-t-on dire quand on dira que la peinture du Milan donne la terreur au Poulſin, & celle du Loup à la Brebis ? Il n'y aura plus lieu de recourir à l'Antipathie, & à la Contrarieté; puiſqu'alors il n'y a rien que la figure qui donne de la peur, laquelle pourtant eſt vne qualité oyſive, & qui ne trouve rien qui luy ſoit contraire.

De plus, puiſqu'vn contraire n'a jamais qu'vn contraire, comment ſe peut-il faire qu'vn Animal ſoit haï de pluſieurs ? Car le Loup ne l'eſt pas ſeulement de la Brebis, mais encore du Cheval, de l'Aſne & du Renard ; L'Aigle l'eſt du Vautour, du Cygne, & du Serpent, qui ſont d'vne nature ſi differente l'vn de l'autre ; Et l'Eſpervier eſt l'ennemi commun de tous les petits Oiſeaux.

Mais quand on ſeroit d'accord de cette Contrarieté, il faudroit toûjours qu'elle fuſt reconnuë pour mauvaiſe & prejudiciable, parce qu'on ne peut haïr aucune choſe que ſous cette conſideration. Or les ſens exterieurs ne ſont pas capables d'en donner la connoiſſance,

car c'eſt le propre de la faculté eſtimative, de juger ſi les choſes ſont mauvaiſes ; Et elle ne peut faire ce jugement
que par l'experience qu'elle a du mal
qu'elles luy ont fait autrefois , ou par
le deſordre & l'alteration qu'elles cauſent dans les organes des ſens. Mais
quand la Brebis voit le Loup , qu'elle
n'avoit jamais veû auparavant, elle n'a
point encore d'experience du mal qu'il
eſt capable de luy faire ; Et comme elle
ſe trouve ſaiſie de crainte au moment
qu'elle l'apperçoit,il n'y a pas d'apparence que la qualité maligne que l'on veut
qui ſorte de luy , tout éloigné qu'il eſt ,
faſſe ſi promptement ſon effet ſur elle ;
& qu'elle puiſſe alterer ſi fort ſes ſens,
que l'eſtimative ait ſujet de juger qu'-
elle ſoit mauvaiſe , & qu'il la faille haïr
& apprehender.

Ces conſiderations , qui ſans doute
n'ont pas eſté ignorées d'Ariſtote, l'ont
obligé à chercher vne autre raiſon de
cette inimitié : Car ſans s'arreſter à ces
Antipathies ſecrettes , il a creû que la
Haine des Animaux ne venoit d'autre
choſe que de la connoiſſance qu'ils

Opinion. d'Ariſto- te.

avoient de l'incommodité & du dommage que les autres leur pouvoient apporter, soit en les privant de leur nourriture, soit en les pourſuivant comme leur proye.

En effet ceux qui vivent de meſmes alimens, ſe font ordinairement la guerre, parce qu'ils ſe les oſtent les vns aux autres. Ainſi le Corbeau hait le Milan, dautant qu'ils ſe nourriſſent tous deux de charongne, & que celuy-cy luy ravit ſouvent celle qu'il emporte, eſtant plus fort d'ongles & d'aiſles que luy. Ainſi les Chiens, les Aigles, & tous les Animaux carnaciers ſe battent entre eux pour la faim ; & quand ils ſont ſaouls, ou qu'ils ont abondance de vivres, ils demeurent paiſibles, & meſme les plus ſauvages s'adouciſſent & s'apprivoiſent.

Mais la plus forte Haine eſt celle qu'ils ont contre ceux auſquels ils ſervent proye ; car c'eſt pour cela que la Brebis, l'Aſne & le Bœuf ont averſion contre le Loup ; que le Poulſin hait le Milan & le Renard ; que le Cygne & les Serpens ont peur de l'Aigle ; parce qu'ils ſont mangez & dévorez par ceux-cy. A quoy l'on peut rapporter l'inimitié qui eſt entre la Corneille & le Hibou, entre l'Allöüette & le Pivert , & autres ſemblables, qui ſe mangent les œufs les vns aux autres : Dautant que dans le deſir que la Nature a inſpiré à tous les Animaux de conſerver leurs eſpeces, ils ont tous le meſme ſoin de leurs œufs & de leurs Petits, que d'eux-meſmes , & le danger que ceux-cy courent ne les touche pas moins que le leur propre.

CETTE opinion ſemble eſtre plus raiſonnable que la precedente; car outre qu'elle ne rend pas la Haine perpetuellement reciproque , & qu'elle ne la fait tomber que ſur l'Animal qui reçoit le dommage ; Elle eſt fondée ſur le principe general de toutes les Averſions qui ſe peuvent trouver dans les Animaux; Parce qu'il eſt certain que pour haïr quelque choſe, il faut neceſſairement qu'elle puiſſe apporter quelque dommage évident ou ſecret. Et quoy qu'il ſemble qu'on puiſſe reprocher à Ariſtote d'avoir reſtraint la Haine des Animaux à ces deux cauſes, encore qu'il y en ait beaucoup d'autres qui la puiſſent

Refutation de l'opinion d'Ariſtote.

faire naiftre; puifque le Lion ne hait pas
le Coq pour la crainte qu'il ait de deve-
nir fa proye, ou que celuy-cy luy enleve fon vivre. Il faut pourtant demeurer
d'accord non feulement que ce font les
plus ordinaires & les plus generales caufes de l'Inimitié des Animaux, & celles qui pour eftre les plus affeurées con-
venoient mieux à cette admirable Hiftoire qu'il écrivoit. Mais encore qu'-
il n'a pas pretendu, en les faifant va-
loir, exclure les autres qui font plus
particulieres; comme il eft aifé à juger
par divers exemples qu'il a apportez,
où elles n'ont point de lieu, & par fes
paroles mefmes qui portent expreffé-
ment qu'il y a dans les beftes des Averfions & des Haines fortuites & de rencontre, auffi bien que dans les Hommes.

Neantmoins, à bien examiner le
fonds de cette opinion, elle ne fatisfait
point du tout à la difficulté où nous fommes. Car outre qu'elle confond les Inimitiez Naturelles avec celles qui ne le
font pas : Elle ne monftre point comment les Animaux ont connoiffance du
dommage que les autres leur peuvent

apporter. Ie veux bien que la Brebis connoiſſe le danger où elle eſt à l'approche du Loup ; Mais la queſtion eſt de ſçavoir comment elle a cette connoiſſance, & qui peut luy avoir appris qu'il y a du danger pour elle, principalement quand c'eſt la premiere fois qu'elle le rencontre ; puiſqu'elle n'a point encore éprouvé le mal qu'il luy peut faire, & que ſa figure n'eſt pas plus capable de luy donner de la terreur que celle d'vn Maſtin, qui a tant de reſſemblance avec luy, ou celle d'vn Chameau ou d'vn Elephant, qui luy devroit eſtre bien plus eſtrange & plus formidable. On en peut dire autant de beaucoup d'autres, & l'on peut demander qui a enſeigné à la Poule qui n'a point encore pondu, & dont par conſequent la Belette n'a point mangé les œufs, que c'eſt vn animal qu'elle doit haïr comme l'ennemi, s'il faut ainſi dire, de ſa famille & de ſa poſterité.

POVR nous tirer donc de ce mauvais pas, il faut de neceſſité prendre vn autre chemin, & chercher quelque route qui puiſſe nous conduire, ou du moins nous approcher plus prés de la verité.

La cause
veritable
de la Hai-
ne des A-
nimaux.

A ce deſſein, il faut poſer pour vn
fondement aſſeuré, que la paſſion ſuit
toûjours la connoiſſance, & que la connoiſſance ſe fait par le moyen des images qui ſe preſentent à l'ame. Pour l'ordinaire ce ſont les ſens qui fourniſſent
ces images, & qui propoſent à l'Imagination les choſes qu'ils ont éprouvé eſtre
bonnes ou mauvaiſes. Mais parce qu'il
y a de certains objets que les Animaux
jugent eſtre bons ou mauvais, ſans les
avoir jamais veûs auparavant, & ſans en
avoir éprouvé la bonté ou la malice;
il faut de neceſſité que la connoiſſance
qu'ils en ont vienne par d'autres images que celles des ſens, & qu'ils en
ayent de Naturelles qui ſoient nées avec
eux, & qui ſoient imprimées & gravées
dans leur ame dés le moment qu'elle
eſt produite. Et c'eſt là en quoy conſiſte l'Inſtinct dont on parle tant, & dont
ſi peu de gens connoiſſent la nature,
comme nous avons amplement monſtré
au diſcours que nous en avons fait au
ſecond Volume des Paſſions. De là
nous pouvons conclure que puiſqu'il y
a des Averſions dans les Animaux qui

devancent toute la connoissance des
sens, il est necessaire qu'elles se rappor-
tent à l'Instinct, & qu'elles dépendent
de ces premieres images que la Nature
inspire avec la vie.

Il est maintenant question de sçavoir quelles sont les Aversions & les
Inimitiez des Animaux qui doivent de-
vancer toute la connoissance des sens,
& qui par consequent ont besoin de ces
Images Naturelles.

La Haine qui vient de l'In-stinct.

Premierement nous pouvons asseu-
rer que comme il y a deux sortes d'A-
versions, les vnes qui sont communes
à toute vne espece, les autres qui ne se
trouvent qu'en quelques individus ; il
est certain qu'il n'y a que les communes qui puissent proceder de ces premieres images ; parce que c'est vn privilege qui ne se donne jamais qu'aux
especes, estant du rang de ces qualitez
qui leur sont essentielles, & qui ne se
peuvent par consequent communiquer
à vn particulier qu'elles ne se donnent
à tous les autres.

Il ne s'ensuit pas pourtant de là que
toutes les Inimitiez qui sont communes

à toute vne efpece, ayent befoin de ces
Images, parce que les Animaux peuvent
connoiftre beaucoup de chofes qui leur
font ennemies, par la voye ordinaire
des fens, & où par confequent il ne faut
point recourir à ces moyens extraordinaires, qui ne font jamais employez
qu'au defaut des autres. Elles ne fervent donc qu'à quelques-vnes, qui par
vne providence particuliere de la Nature, doivent preceder toute la connoiffance que les fens peuvent donner, &
qui pour ce fujet en demandent vne
autre qui foit plus ancienne & plus certaine que la leur; telle qu'eft fans doute celle qui fe forme par ces images naturelles.

Mais il ne faut pas croire qu'elles
ayent efté données aux Animaux pour
autre raifon que pour connoiftre les chofes qui font extrémement importantes
à leur confervation, & qu'il leur eft
abfolument neceffaire de fçavoir, pour
fe preferver des perils qui les menacent
à toute heure, & dont ils ne peuvent
faire l'experience fans hazard de la vie.

C'eft-pourquoy il n'y a pas d'apparence que l'Inimitié qui eft fondée fur les

feuls

seuls alimens, & qui ne procede que
du dommage que les animaux reçoivent quand les autres leur oftent leur
nourriture, vienne de ces images; parce que ce n'eft pas vne chofe abfolument neceffaire à leur confervation,
pouvant retrouver vne autre fois ce
qu'ils perdent alors; & que la premiere épreuve qu'ils font de la violence
des autres, fuffit pour leur donner connoiffance du dommage qu'ils en peuvent aprés recevoir. Et de fait la Haine
qui fuit cette connoiffance, n'eft pas
conftante & invariable comme celle qui
vient de la Nature; Et les Animaux
que la neceffité & la faim rendent ennemis, font tréves enfemble, & fe re-
concilient mefme dans l'abondance. Il
en faut dire autant de toutes les autres
chofes qui les incommodent, mais qui
ne vont pas jufques à leur deftruction:
car elles ne font pas fi importantes que
la Nature ait voulu prendre le foin de
leur en imprimer les characteres dans
l'ame, leur donnant affez d'autres
moyens pour éviter l'incommodité qu'-
ils en peuvent recevoir, foit par l'experience qu'ils en peuvent faire fans pe-

L

ril, foit par les qualitez fenfibles qui les accompagnent, dont ils font incommodez, & fur lefquelles ils tirent des confequences du mal qui leur peut arriver.

La Haine d'Inftinct n'eft que côtre ceux qui attentent à la vie. DE forte qu'il eft vray-femblable que ces images naturelles ne leur ont efté données que pour connoiftre ceux qui attentent à leur vie, ou à celle de leurs petits; parce qu'à tous momens ils peuvent tomber en ce peril, & que l'experience leur eft inutile pour s'en garantir, puifqu'ils hazardent leur vie dans la premiere, & que rarement ils en peuvent faire vne feconde.

Mais il faut remarquer que les Animaux attentent à la vie des autres en deux manieres, à fçavoir quand ils les pourfuivent pour les manger, ou qu'ils les tuënt par leur venin; Et qu'ils les pourfuivent auffi en deux façons: premierement à force ouverte, comme le Loup fait la Brebis, comme l'Efpervier fait la Perdrix : fecondement par quelque qualité maligne qui les arrefte & les charme, & qui les rend incapables de fuir & de fe deffendre. Car c'eft ainfi que la Torpille ftupefie les poiffons

pour les manger, c'eſt ainſi que le Crapaut charme la Belette, c'eſt ainſi que
la Vipere attrape le Roſſignol, comme
nous dirons cy-aprés.

Quoy qu'il en ſoit, s'il y a des Animaux qui ſoient ainſi la proye des autres, il ne faut pas douter que la Nature ne leur ait donné la meſme connoiſſance qu'elle a imprimée aux premiers; puiſqu'ils ſont dans le meſme peril, & que ſa providence doit avoir le
meſme ſoin de leur conſervation qu'elle a de celle des autres.

Il en faut dire autant des Animaux
venimeux qui les tuënt ; & meſme il
ſemble que comme leur vie eſt en plus
grand danger par ces choſes-là, que par
quelque autre que ce ſoit, il y a plus
de neceſſité qu'ils les haïſſent par inſtinct, & qu'ils naiſſent par conſequent
avec la connoiſſance qu'ils en doivent
avoir pour s'en garantir. En effet, il
n'y a guere d'Animal qui ne haïſſe le
Serpent dés la premiere fois qu'il le
voit, le Lion, tout hardi qu'il eſt, le
fuit quand il le rencontre, & quand
la Vipere & le Scorpion ſe trouvent enſemble, ils s'attaquent l'vn l'autre en
meſme temps.   L ij

Il ne faut pourtant pas croire qu'ils connoiſſent ainſi tous les venins qui les peuvent faire mourir, parce qu'il eſt certain qu'ils mangent ſouvent des choſes qui leur ſont pernicieuſes, ce qui ne leur arriveroit pas s'ils en avoient vne connoiſſance naturelle.

La cauſe de cette diverſité vient, premierement de ce qu'ils ne ſe peuvent pas garantir ſi facilement du venin des Animaux, que de celuy des choſes inanimées; parce qu'ils peuvent eſtre ſurpris par ceux-là qui vont & viennent, & que leur rencontre ne dépend point d'eux : Mais il n'en eſt pas ainſi des choſes inanimées, qui ſont immobiles, dont la rencontre dépend tout-à-fait des Animaux. Ioint que c'eſt aſſez pour eux qu'ils connoiſſent par inſtinct les choſes qui ſont bonnes à manger, pour éviter les mauvaiſes ; car ne mangeant que celles qui leur ſont vtiles, ils ne toucheront point à celles qui leur ſont pernicieuſes ; Et ſi ce malheur leur arrive quelquefois, c'eſt quand elles ſont tellement meſlées avec les bonnes, qu'ils ne les peuvent diſcerner.

MAIS la grande difficulté eft de fçavoir s'il y a des Inimitiez qui ne font
point fondées fur le peril de perdre la
vie, ni fur aucune qualité fenfible, en vn
mot, qui dépendent de certaines vertus occultes & fpecifiques : Si dis-je ces
Inimitiez fe forment par le moyen de
ces images naturelles. Car la Haine que
le Lion porte au Coq, l'Aigle au Roitelet, l'Elephant au Pourceau, ne peut
venir d'aucune qualité fenfible qui foit
fafcheufe, ni du danger qu'il y ait que
ceux-cy attentent rien contre leur vie,
ni qu'ils leur oftent ou leur difputent
leur vivre, n'y ayant pas d'apparence
que de fi foibles & de fi petites beftes
foient capables, je ne veux pas dire d'en-
treprendre rien de femblable , mais
d'apporter la moindre incommodité à
de fi puiffans adverfaires, qui font comme les geants & les Rois entre les autres Animaux. De forte qu'il faut que
cette Haine naiffe de quelques qualitez occultes & fecretes : Mais dautant
que les fens ne font point juges de ces
fortes de qualitez, & n'en peuvent donner aucune connoiffance ; & que cette

S'il y a des
Haines
fondées
fur des
qualitez
occultes.

forte de Haine eſt naturelle à ces Animaux, il s'enſuit qu'elle ne ſe peut former que par les images dont nous venons
de parler. Cependant, nous avons dit
cy-devant, & il eſt veritable, que la
Nature ne les donne que pour des choſes qui ſont tres-importantes à la vie.

Ie ſçay bien que l'on pourroit aiſé-
ment vuider cette queſtion, en diſant
que toutes les Inimitiez de cét ordre-
là ſont fort ſuſpectes, & ne ſont guere
bien verifiées ni par de juſtes obſervations que l'on en ait faites, ni par Auteurs dignes de foy qui les ayent aſ-
ſeurées.

La Haine du Lion contre le Coq. CAR pour celle du *Lion* envers le *Coq*,
Ariſtote qui a eſté ſi exact en cette par-
tie de l'Hiſtoire des Animaux, n'en dit
pas vn mot; Et ceux meſme qui en ont
parlé ne ſont pas d'accord de ce qui
donne au Lion cette grande terreur,
dont on dit qu'il eſt ſurpris à la veuë
du Coq; veu que les vns aſſeurent que
c'eſt toute la figure de cét oiſeau; Les
autres que c'eſt ſeulement ſon chant;
Quelques-vns meſme veulent que ce
ſoit ſa creſte toute ſeule, parce qu'il

n'a point de peur, à ce qu'ils difent, des
Chappons, qui l'ont perduë. Mais quoy
que ce foit, on a experience certaine
que les Lions ne s'étonnent point à la
veuë des Coqs, & qu'il s'en eft trouvé
mefme qui les ont pourfuivis, nonob-
ftant la peur qu'on dit qu'ils en ont.

IL y a mefme raifon de douter de cel- *La Haine*
le que l'*Elephant* a contre le *Porc* ; puif- *de l'Ele-*
qu'Ariftote n'en parle point auffi, & *phant con-*
qu'il y a debat entre les autres, fi c'eft *tre le*
le Pourceau ou la Souris que craint *Pourceau.*
l'Elephant, le voifinage des noms ῦ &
μῦ, que les Grecs leur ont donnez,
ayant efté caufe de cette conteftation.
Quelques-vns mefme veulent que la
veuë de ce fale animal luy donne cette
averfion, les autres qu'il n'y a que le cry
qu'il fait qui l'épouvante.

ON peut trouver de femblables diffi- *La Haine*
cultez fur les autres exemples. Car dans *de l'Aigle*
Ariftote, qui femble eftre le premier qui *contre le*
a écrit que le *Roitelet* eftoit l'ennemi de *Roitelet.*
l'*Aigle*, il y en a qui croyent qu'au lieu
de τρόχιλος, il faut lire ὄχιλος, qui
eft vn oifeau qui mange les œufs des

autres, & qui par confequent eſt different du Roitelet. Et il eſt inutile de
dire que le τρόχιλⱺ & l'Orchilus eſt
vn meſme oiſeau , comme Aldrouandus a creû; car il eſt certain qu'Ariſtote les diſtingue , puiſqu'aprés avoir dit
que l'Orchilus eſt l'ennemi du Hibou,
il adjouſte que le Preſbys l'eſt auſſi. Or
il eſt conſtant qu'Ariſtote donne au
Roitelet trois noms differens , Trochilus, Preſbys, βασιλεύς.

Quoy qu'il en ſoit, quand Pline rapporte cette inimitié , luy qui aſſeure ſi
hardiment les choſes les plus douteu-
ſes, ne parle de celle-cy qu'avec incer-
titude. En effet , outre qu'il eſt bien
difficile d'en avoir fait vne exacte obſervation, & qu'il y auroit toûjours lieu
de douter, ſi la crainte que l'on auroit
remarquée dans l'Aigle, ſeroit procedée
de la veuë de ce petit animal , ou de
quelque autre ſujet : Il y a grande apparence que les premiers qui l'ont ap-
pellé *Roy des Oiſeaux* , luy ont donné
ce nom par raillerie, à cauſe que c'e-
ſtoit le plus foible & le plus petit de
tous ceux qu'ils connoiſſoient : Et qu'a-
prés, d'autres voulant encherir ſur cette

penſée, ont dit qu'il y devoit avoir jalouſie entre l'Aigle & luy pour cette Royauté. Car Ariſtote meſme rapporte que
c'eſt la raiſon pour laquelle on dit qu'il y
a inimitié entre eux; ces railleries ayant
paſſé pour des veritez parmi le peuple.

NONOBSTANT tous ces doutes, il *Il y a de la*
n'eſt pas impoſſible qu'il n'y ait de ces *Haine*
Inimitiez ſecretes. Car tant de vertus *fondée ſur*
occultes que l'on remarque dans les *les quali-*
plantes & dans les pierres , & qui y *tez, occul-*
cauſent de ſi merveilleuſes Antipathies, *tes.*
ſe peuvent auſſi rencontrer dans les
Animaux, & cauſer l'averſion que l'on
dit qui eſt entre eux.

Mais il ne ſe faut pas laiſſer abuſer
icy par ces mots ſpecieux que la mo-
deſtie, ou pluſtoſt la negligence des Phi-
loſophes a introduits dans la connoiſſance des choſes naturelles. Car bien
qu'il ſoit veritable qu'il y ait de ces vertus ou proprietez occultes , il eſt certain auſſi qu'il y en a bien moins que
l'on ne penſe , & que ſouvent on fait
paſſer des choſes tres-claires & tres-ma-
nifeſtes pour des grands ſecrets de la Nature. Or s'il y a lieu où cette erreur ſe

foit gliſſée, c'eſt principalement dans
la matiere dont nous traitons , où l'on
ſe figure à tout propos que la Haine
des Animaux a des ſources bien cachées , & tout-à-fait inconnuës , qui
ſont neantmoins tres-ſenſibles & tres-
évidentes.

En effet, ſi l'on y veut prendre garde,
on trouvera que la plus grande part
de leurs averſions, que l'on croit eſtre
les plus ſecrettes, ſont fondées ſur des
ſons qui les ſurprennent , ou ſur des
odeurs qui leur déplaiſent, ou ſur d'autres qualitez ſenſibles qui leur ſont fâ-
cheuſes, & qui leur remettent en memoire les choſes qu'ils penſent les de-
voir incommoder.

De ſorte que tout de meſme qu'on
ne dira jamais que c'eſt par vne vertu
occulte que la pluſpart des beſtes craignent le feu , ou qu'elles fuyent celuy
qui leve le baſton pour les frapper , parce que c'eſt le ſens qui leur apprend
que ces choſes leur ſont nuiſibles : Il ne
faut pas dire auſſi qu'il y ait vne Inimitié ſecrette entre le Lion & le Coq,
l'Elephant & le Pourceau , le Cheval
& le Chameau, le Vautour & les Ro-

fes, & autres femblables ; puifque l'on
peut & que l'on doit rapporter ces A-
verfions aux qualitez fenfibles qui fe
trouvent aux vns , & que les autres ne
peuvent fupporter fans douleur & fans
apprehenfion.

Et de vray , quand le Lion craint le
Coq , ce n'eft pas que fa veuë ou fa pre-
fence luy donne de la peur par quelque qualité occulte; puifque l'experience nous enfeigne qu'il le voit fans s'al-
larmer , & le pourfuit mefme avec fa
hardieffe ordinaire. Mais c'eft que fon
chant l'eftonne, & que la voix écla-
tante d'vn fi petit Animal le furprenant,
le fait entrer en foupçon de quelque
danger, & luy donne la mefme crainte
que celle qu'il reffent au bruit que font
les rouës des charrettes qui font pouf-
fées rudement.

On en peut dire autant de l'Elephant,
qui ne peut fouffrir le cry du Pourceau
fans en eftre émeû, parce que le fon en
eft tellement aigu & penetrant , qu'il
ne le peut entendre fans s'effrayer, &
fans fe figurer le peril plus grand qu'il
n'eft en effet; ce qui nous arrive auffi
quand quelque bruit impreveû vient à

frapper nos oreilles. Car il ne faut pas
croire que la voix ordinaire de cét
animal luy donne de l'effroy, il faut
qu'elle foit forte & vehemente, telle
qu'il l'a quand il fouffre du mal. C'eft
pourquoy ce Capitaine des Megariens,
qui vouloit mettre en defordre les Elephans de l'armée d'Antipater, ne fe con-
tenta pas d'y faire conduire des Pour-
ceaux, qui euffent pû les mettre en
fuite, fi leur veuë & leur voix ordinaire euffent efté, comme l'on dit, capables de leur donner de la peur : Mais
aprés les avoir enduits de poix, il y fit
mettre le feu, afin que la douleur les
faifant crier & courir impetueufement,
ils fiffent l'effet qu'il s'en eftoit promis,
& qui reüffit felon fon deffein.

Strabo.

Mais s'il y a quelque qualité fenfible
qui puiffe fervir de fondement à ces
averfions, il y a grand fujet de croire
que l'odeur eft celle qui produit le plus
puiffamment & le plus ordinairement
ces effets; parce que les beftes qui ont
toutes l'odorat plus exquis & plus parfait que l'homme, en connoiffent mieux
les differences que luy, & en reffentent auffi davantage les incommoditez.

De forte qu'il ne faut point recourir à aucune vertu occulte pour rendre raifon de la Haine que le Cheval a contre le Chameau, puifque tout le monde eft d'accord qu'il n'en peut fupporter l'odeur, & que cette feule qualité eft capable de le luy faire haïr. On en peut dire autant de celle que le Vautour a contre les Rofes, que le Loup a contre l'Oignon marin, & beaucoup d'autres femblables, qui ne laiffent pas d'avoir des caufes fenfibles & manifeftes, quoy que nous ne les appercevions pas.

Car quand on met en avant ces vertus occultes, on fuppofe que ce font des qualitez qui font d'vn autre genre, que celles qui touchent les fens, & on les appelle pour ce fujet *Vertus formelles & fpecifiques*, pour les diftinguer des autres qui font fenfibles. Il eft vray que la difpofition qui eft neceffaire aux organes pour fentir l'impreffion des qualitez fenfibles & occultes, eft cachée, & que l'efprit humain ne fçauroit jamais arriver à la connoiffance de ce jufte degré de temperature qui eft neceffaire pour en donner le

sentiment. Mais cela n'empesche pas
qu'en elles-mesmes elles ne soient au
rang de celles que nous appellons ma-
nifestes. Autrement la couleur & la chaleur devroient estre des qualitez occultes, parce que nous ignorons non seulement leur veritable essence, mais encore la disposition precise qu'elles demandent dans les organes pour y faire
leur impression. Et sans doute, si l'on
considere qu'il y a des bestes qui ont
l'odorat si subtil, qu'elles sentent des
choses dont les autres ne sont point
touchées, qu'il y a beaucoup d'odeurs
qui leur sont agreables, que nous ne
pouvons souffrir; & qu'entre nous-mes-
mes il y en a qui trouvent insupporta-
bles celles qui plaisent ordinairement
aux autres : On jugera facilement que
toute cette diversité ne vient d'ailleurs
que de la differente disposition des organes, & qu'il n'est point necessaire de
rapporter ces divers sentimens aux vertus occultes; puisqu'il est constant que
l'odeur ne peut estre mise en ce rang,
& que s'il y a quelque chose de caché,
c'est la seule disposition de la matiere qui
reçoit cette qualité.

Quoy qu'il en foit, il n'y a guere de
ces Inimitiez Naturelles que l'on remarque dans les beftes, fi on en excepte celles qui font fondées fur le danger d'eftre la proye des autres, ou d'e-
ftre tuées par leur venin, qui ne fe
puiffe rapporter à quelqu'vne de ces
qualitez. Car qu'eft-il befoin de s'aller
figurer des caufes myfterieufes pour rendre raifon de l'Antipathie qui eft entre
le Serpent & le Frefne, la Vipere & le
Fouteau, la Fourmy & l'Origan, le Vautour & les Rofes, le Loup & l'Efquille,
le Lion & le Chefnevert, &c. Puifqu'on
peut tres-vrayfemblablement dire que
les vns & les autres ne peuvent fupporter l'odeur qui fort de ces plantes,
comme il y a beaucoup de perfonnes
qui haïffent celle des Rofes & des Lys.
Certainement fans l'aide des proprietez occultes, il eft facile de concevoir
pourquoy la tefte du Loup enterrée au
lieu où font les Brebis, les empefche
de manger, parce que l'odeur qu'elle
exhale les fait reffouvenir de leur ennemi, & leur donne de l'apprehenfion.
Et fans doute c'eft pour la mefme raifon que le Cheval en marchant fur les

traces du Loup, eſt ſurpris d'effroy, parce qu'il ſent l'odeur que cét animal a
laiſſée, & qu'il ſe repreſente le peril où
il ſeroit à ſa rencontre. Car il n'y a pas
là plus de merveille que quand les Bœufs
s'effrayent en paſſant par des lieux où
l'on en a fraiſchement tué d'autres ; &
que les Souris ne ſe laiſſent pas facilement prendre aux rattieres où auparavant il en eſt mort d'autres, ſi on ne
les lave, & ſi on n'en change l'appaſt ;
puiſqu'on ne peut douter que ce ne
ſoit l'odeur qui en eſt demeurée, qui
leur donne cette connoiſſance, & qui
les avertit du peril où elles peuvent
tomber.

Or ſi ces conjectures ſont bien priſes, il n'y a guere d'animaux qui doivent leurs Averſions aux proprietez occultes, & nous ne ſerons pas en peine
de recourir aux images naturelles, pour
leur donner connoiſſance des choſes
qu'ils doivent haïr ; puiſque les ſens les
leur apprennent, ſoit que d'abord ils
leur faſſent connoiſtre qu'elles ſont mauvaiſes, ſoit qu'ils les jettent dans le
ſoupçon d'autres qui leur ſont nuiſibles.

Aprés

Aprés tout, quand il y auroit des
Averſions fondées ſur ces qualitez inconnuës, il y a raiſon pour croire qu'-
elles n'ont point beſoin de ces images.
Car puiſqu'il y a dans les hommes des
Inimitiez de ce genre-là, comme tout
le monde eſt d'accord, & qu'on ne les
peut rapporter à ces images; il n'y a pas
d'apparence que la Nature, qui ne ſe
ſert jamais de moyens extraordinaires
quand elle en a d'autres, ait voulu donner à quelques Animaux particuliers
ces ſentimens de Haine par vne autre
ſorte de connoiſſance que celle qui ſe
trouve en ces hommes-là : parce qu'il
eſt certain que les images naturelles
ſont des privileges qu'elle ne donne
qu'aux eſpeces; Et s'il ſe rencontre
quelques individus d'vne eſpece qui
ayent des Averſions qui ne ſe trouvent
pas dans les autres, elles ne peuvent
venir de ces images; mais de quelque
qualité qui touche leur Ame, & qui luy
donne connoiſſance du mal qu'ils en
peuvent recevoir, comme nous avons
dit cy-devant.

Povr recueillir de toutes ces conje-

Il y a qua-
tre cauſes
de la Hai-
ne des A-
nimaux.
ĕtures quelque choſe de certain, il faut
dire premierement que toutes les Averſions & toutes les Inimitiez des Animaux ſe peuvent reduire à quatre cauſes generales. Car ils haïſſent premierement ceux qui les mangent ; ſeconde-
ment ceux qui les tuën̈t par leur venin ;
troiſiémement ceux qui leur oſtent leur
vivre ; quatriémement ceux qui ont des
qualitez ſenſibles qui leur ſont faſcheu-
ſes.

En ſecond lieu, que de ces quatre
cauſes, les deux premieres qui vont à
la deſtruction de l'Animal, ſe connoiſſent par inſtinct, c'eſt-à-dire par les images naturelles que la Nature inſpire avec
la vie : ɛt que les deux dernieres ſe
connoiſſent par le ſens, & par l'experience que les Animaux font du mal
que les autres leur apportent.

Qu'on
peut ren-
dre raiſon
de la Hai-
ne des A-
nimaux
ſans les
qualitez
occultes.
Qv'ᴇɴꜰɪɴ s'il y a des Averſions qui
ſoient fondées ſur des qualitez occultes,
elles ſont en tres-petit nombre ; puiſque
toutes celles que l'on met en ce rang,
& que l'on croit eſtre les plus cachées,
ſe peuvent rapporter à quelqu'vne de
ces quatre cauſes. Et parce que c'eſt

icy le poinct le plus delicat & le plus
important de cette matiere ; il eft neceffaire de le prouver par les exemples,
& de monftrer que ceux que l'on a crû
jufques icy eftre les effets les plus certains de ces qualitez inconnuës, ont
des caufes plus évidentes & plus ordinaires.

Voicy donc ceux que l'on a mis en ce
rang-là : Le premier eft la Haine que
porte

Le Lion au Coq,   *Plin.*
l'Elephant au Pourceau,   *Plin.*
l'Aigle au Roitelet,   *Arift.*
le Cheval au Chameau & au Veau   *Arift.*
                                                       Plin.
   marin,   *Oppian.*
l'Elephant à la Chevre, à la Souris,   *Plin.*
                                                       Ælian.
   & à la Fourmy,
l'Ours au Veau marin,   *Oppian.*
                                                       Ælian.
le Serpent au Chamæleon, à l'Araignée,   *Plin.*
   & au Heriffon,   *Car. Steph.*
la Tortuë au Serpent,   *Steph.*
le Singe à la Tortuë & au Crocodile,   *Arift.*
le Chat au Serpent,

Bodin y en adjoufte quelques-vns,
dont il dit que la Haine eft fondée fur
la contrarieté de nature, à fçavoir

Le Chien & le Loup.   *Oppian.*

M ij

Arist.	*l'Oryx & le Lion,*
Plin.	*l'Elephant & le Rhinoceros,*
Ælian.	
Arist.	*le Crocodile & l'Ichneumon,*
Arist.	*l'Abeille & le Crapaut,*
Arist.	
Arist.	*le Milan & le Sacre ou Buteo,*
Ælian.	*l'Allouëtte & le Chardonneret,*
Arist.	*le Chat-huant & la Corneille,*
Bodin.	*le Mouchet & l'Aigle,*
Aristote.	*la Vipere & l'Ophiomaque,*
Aristote.	*la Tourterelle & le Chloreus,*
Aristote.	*le Pipo & le Heron,*
Aldro.	*l'Emerillon & le Vautour.*

Mais si l'on examine de prés toutes ces Aversions, on ne trouvera aucune qualité occulte, ni aucune contrarieté de nature qui en soit la cause : Car elles procedent ou de quelque qualité sensible qui se trouve en ces Animaux, que les autres ne peuvent supporter, ou de ce qu'ils attentent à leur vie, ou de ce qu'ils leur ostent leur vivre.

En effet, la Haine que le *Lion* porte au *Coq,* ne vient d'ailleurs que du chant de cét Oiseau, qui surprend & estonne le Lion, comme fait le bruit des roües. Il en est de mesme de celle que l'*Elephant* a contre le *Pourceau;* puisque c'est on cry qui l'allarme, comme nous avons dit. Quant à celle de l'*Aigle* envers le *Roitelet*, elle est fabuleuse.

Le *Cheval* hait le *Chameau* & l'*Elephant*, non seulement à cause de leur odeur qui luy est insupportable ; mais encore à cause de leur figure monstrueuse & extraordinaire ; c'est-pourquoy il s'y accoustume à la fin, & Cesar fit pour ce sujet venir des Elephans en son camp, afin que ses Chevaux s'y accoûtumassent.

Quant au *Veau marin* que le *Cheval* hait si fort qu'il n'en peut supporter la veuë, comme dit Ælian, cela vient de la figure estrange & inaccoustumée du Veau marin qui l'estonne ; car le Cheval est vn animal ombrageux à qui les moindres choses extraordinaires donnent l'allarme.

L'*Ours* & le *Veau marin* se haïssent mutuellement à cause du vivre ; car ils mangent tous deux les poissons, & principalement les Ours blancs, comme dit Olaüs ; outre que l'Ours devore le Veau marin, comme asseure Oppian.

Le *Serpent* & le *Chamaleon* se haïssent, parce qu'ils se tuënt l'vn l'autre par leur

venin : car le Serpent le tuë par sa mor-
sure, & le mange, & le Chamæleon le
fait mourir en laissant tomber sa bave
sur sa teste.

Il y a encore inimitié entre le *Serpent*
& l'*Araignée* pour la mesme raison ; car
le Serpent la mange comme toute sorte d'insectes, & l'Araignée l'empoisonne, se laissant couler le long de son filet sur sa teste, & le tuant ainsi par son
venin, comme elle fait encore le Crapaut.

Le *Serpent* & le *Herisson* se haïssent à
cause du lieu ; car ils logent tous deux
dans les trous, & se font la guerre pour
se chasser l'vn l'autre.

L'*Elephant* hait la *Chevre*, parce qu'-
elle put, & qu'il aime les bonnes odeurs ;
car quand il est en colere, l'odeur des
fleurs & des onguens odoriferans l'a-
doucit. Mais la Haine qu'il a contre la
Souris & contre la *Fourmy*, vient de la
crainte que ces Animaux n'entrent en
sa trompe, qui l'incommoderoient extrémement, & c'est pour la mesme raison qu'il a aversion contre la *Sangsuë*.

La *Tortuë* & le *Serpent* se haïssent &
se battent, parce qu'ils vivent de mes-

mes alimens ; car la Tortuë mange les vers, les limaçons & l'herbe, comme le Serpent.

Le *Singe* hait la *Tortuë*, parce qu'il hait par inftinct le Serpent à caufe de fon venin, & que la Tortuë reffemble de la tefte & de la queuë au Serpent. Il hait encore le *Crocodile*, car il ne peut pas mefme fupporter la veuë de fa peau, & conferve cette Haine pour le *Lezard*, qui eft comme vn petit Crocodile. Cela vient de ce qu'il fçait par Inftinct que le Crocodile eft vn animal qui devore tout ce qu'il rencontre, & qui tuë mefme par fon venin ; & que la veuë du Lezard le fait reffouvenir d'vn fi dangereux ennemi.

Le *Chat* & le *Serpent* fe haïffent à caufe du vivre, car ils mangent tous deux les Souris ; c'eft-pourquoy ils fe battent l'vn l'autre, le Chat en le déchirant, & le Serpent en l'empoifonnant : Il y a mefme de l'apparence que le Chat le hait encore par Inftinct, à caufe qu'il eft venimeux ; car il pourfuit tous les autres animaux qui le font, comme le *Crapaut*, le *Chamæleon*, le *Scorpion*, la *Salemandre*.

M iiij

Le *Chien* & le *Loup* fe haïffent, parce que le Loup le devore, & que le
Chien l'attaque pour le prevenir : joint
qu'il eft inftruit à l'attaquer pour la deffenfe du beftail.

L'*Oryx* & le *Lion* fe haïffent ; mais
il faut remarquer qu'il y a deux fortes
d'Oryx, l'vn qui eft vne efpece de Chevre, dont Ariftote & Pline ont parlé :
L'autre eft vn animal grand, fort &
courageux, qui ne craint aucune befte
pour puiffante qu'elle foit, dont Oppian
fait mention, & c'eft celuy que le Lion
hait, à caufe qu'ils vivent tous deux de
rapine.

L'*Elephant* & le *Rhinoceros* fe haïffent
auffi pour le vivre.

Le *Crocodile* & l'*Ichneumon* ont vne
Haine mutuelle l'vn contre l'autre,
parce que le Crocodile le devore, &
l'Ichneumon fe coule dans fon corps
quand il dort, & luy déchire les entrailles.

L'*Abeille* hait le *Crapaut*, parce qu'il
l'empoifonne & la tuë par fon fouffle.

Le *Milan* & le *Buteo*, τριόρχης ou *Sacre* fe
haïffent, comme tous les Oifeaux de
proye, à caufe du vivre. Le Traducteur do

Bodin a mal traduit icy *Buteo* par le mot
de Butor : car le Butor est vne autre
espece d'Oiseau, dont nous avons parlé au Traité de l'Amitié des Animaux.
Et le *Buteo* est le τρίορχις d'Aristote, que
Belon appelle le Sacre.

L'*Allouëtte* hait le *Chardonneret*, mais
sans doute Bodin a traduit la ποικιλὶς
des Grecs Chardonneret, quoy qu'Aldrouandus dise que c'est la Pica-varia ;
Et il est certain que l'Allouëtte & la
ποικιλὶς se haïssent à cause qu'ils se mangent les œufs l'vn de l'autre, comme
asseure Aristote.

Le *Chat-huant* & la *Corneille* se haïssent
encore pour le mesme sujet, car le
Chat-huant mange de nuit les œufs de
la Corneille, & la Corneille mange de
jour ceux du Chat-huant.

Le *Mouchet* & l'*Aigle* se haïssent pour
le vivre, comme l'Emerillon & le Vautour, & tous les oiseaux de proye.

La *Vipere* hait l'*Ophiomaque*, qui est
vne espece d'Ecrevice de mer, qui la
tuë & la mange.

La *Tourterelle* & le *Chloreus* se haïssent pour le vivre ; il est vray qu'il y a
difficulté pour le Chloreus, dont nous

parlerons cy-aprés.

L'Inimitié du *Heron* envers le *Pipo*,
vient de ce que celuy-cy mange ses œufs,
comme dit Aristote ; mais on ignore
quel est le Pipo, Pipra ou ἵππος.

On peut donc voir par ces exemples
qu'il n'est point necessaire de recourir
aux qualitez occultes pour rendre raison de la Haine des Animaux; Et il en
faut dire autant de tous les autres qu'-
on y pourroit adjouster; mais que l'on
trouvera reduits dans l'ordre des causes que nous avons marqué dans la seconde Partie de ce discours. Car pour
le rendre plus complet, & pour contenter la curiosité du Lecteur, qui sera
bien aise de voir le détail d'vne matiere
si curieuse, nous allons faire vn denom-
brement de toutes les Aversions qui
se trouvent dans les especes des Animaux, dont les Auteurs ont fait mention, & les reduire sous cinq Chapitres,
qui répondront au nombre des causes
dont nous avons parlé cy-devant. Car
le premier parlera de la Haine que les
Animaux ont contre ceux qui les mangent, & qui devorent leurs œufs & leurs
petits. Le second traitera de la Haine

que les Animaux ont contre ceux qui les tuënt par leur venin. Le troifiéme fait voir ceux qui leur oftent ou leur difputent leur vivre. Le quatriéme parle de la Haine qui vient des qualitez fenfibles, dont il y a de fix fortes. Le cinquiéme traite de la Haine que l'on croit eftre fondée fur des qualitez occultes.

*Quelle est la cause de la Haine
que les Animaux ont en particulier les vns contre les autres.*

II. PARTIE.

*De la Haine que les Animaux ont
contre ceux qui les mangent.*

CHAPITRE I.

ARTICLE I.

CE Chapitre sera divisé en
trois Articles, dautant
que les Animaux sont la
proye des autres en deux
façons, à sçavoir, quand
ils sont poursuivis à force ouverte, ou
quand ils sont arrestez par vne vertu
qui leur oste la puissance de fuir ou de
se deffendre, & qu'ils haïssent également ceux qui les mangent, & qui
devorent leurs petits.

Quoy que la connoiffance que l'Inftinct donne aux Animaux pour fe garantir de ceux qui attentent à leur vie,
foit également partagée à tous, la paffion
qui la fuit n'y eft pas égale : Car ceux
qui font foibles , ou qui font le plus
fouvent attaquez par leurs ennemis,
ont vne plus grande averfion contre
eux ; parce que la foibleffe qu'ils ont
leur reprefente le peril plus grand, &
la frequente pourfuite qu'on leur fait
le leur rend plus ordinaire & plus pre-
fent.

Ainfi la Haine que la *Brebis* a contre le *Loup* eft vray-femblablement plus
grande que celle que le *Heron* a contre
l'*Aigle*, parce que la Brebis qui eft foible, & qui ne fe peut deffendre, eft en
vn plus grand danger que n'eft le Heron, qui a des forces & des armes pour
combatre contre fon ennemi quelque
puiffant qu'il foit. On peut mefme affeurer que les *Agneaux* haïffent plus le
Loup qu'elle, parce qu'ils font plus foibles, & que c'eft pour cela que quand
ils naiffent , s'ils viennent à entendre
fon hurlement, il eft, comme l'on dit,
capable de les faire mourir. D'ailleurs,

les *Poulſins* haïſſent plus le *Milan* que
l'*Aigle* ou l'*Eſpervier*, parce qu'il les attaque plus ſouvent que ceux-cy ; & que
le *Paſſereau* hait plus le *Vautour* que
beaucoup d'autres Oiſeaux de proye,
qui ne ſont pas ſi ardens que luy à le
pourſuivre.

Or ces Animaux attaquent plus ſouvent les autres, parce que ce leur eſt
vne proye plus agreable, ou plus vtile,
ou plus facile. L'*Eſpervier* pourſuit plus
ordinairement la *Perdrix* & le *Pigeon*,
parce que c'eſt la viande qui luy eſt la
plus delicieuſe, comme la *Brebis* l'eſt au
Loup, comme le *Chameau* l'eſt au *Lion*.
D'autre part, les *Oyes* & les *Cygnes* ſont
plus ſouvent attaquez par l'*Aigle* que
de plus petits Oiſeaux, parce que c'eſt
vne proye plus grande, & qui peut
mieux ſatisfaire à ſa faim & à ſon a-
vidité. De là vient que le *Faucon* qui
pourſuit la *Tourterelle*, la quitte s'il voit
le *Heron*, parce que c'eſt vne plus grande proye. Enfin le *Vautour* pourſuit les
Paſſereaux à cauſe de la facilité qu'il a
à les prendre, parce qu'il eſt timide,
& que n'oſant attaquer les plus grands,
il s'adreſſe à ceux qui ne luy peuvent

reſiſter, comme fait encore le Milan.

C'eſt ſur cette difference que la pluſpart des obſervations que nous allons
rapporter ont eſté faites ; car elles ne
marquent pas la Haine que les Animaux ont en general contre ceux qui
les mangent, autrement il ſuffiroit de
dire qu'ils haïſſent tous les Animaux
carnaciers & de rapine : Mais elles de-
ſignent la Haine particuliere que quelques - vns ont contre d'autres ; Et
cette Haine a eſté reconnuë par la remarque que l'on a faite, qu'ils eſtoient
plus ſouvent attaquez par ceux-cy ; d'où
l'on a inferé qu'ils les haïſſoient davantage.

En effet, quoy que tous les Oiſeaux
qui ne ſont pas de proye haïſſent naturellement l'*Aigle*, parce qu'il n'y en a
point qu'il n'attaque, & qu'il ne mange ;
on en a neantmoins ſpecifié quelques-
vns qui ont vne Haine particuliere contre luy ; à ſçavoir, le *Cygne*, le *Heron*,
la *Gruë*, la *Canne* & l'*Oye*, parce que ce
ſont de gros Oiſeaux qu'il recherche
pour contenter ſa faim. Il eſt vray que
les trois premiers ſe deffendent, & le
ſurmontent quelquefois ; car le bec du

Heron, vn coup d'aifle du Cygne, &
les Gruës en troupe le tuënt.

Il en faut dire autant de l'*Efpervier*;
car tous les oifeaux qui font foibles le
craignent & le haïffent; mais principalement la *Poule*, l'*Alloüette* & la *Perdrix*:
Car la Poule en a vne fi grande peur,
que fi elle entend fon cri quand elle
couve, elle gafte & corrompt fes œufs.
Ce n'eft pas que l'alteration que luy
caufe la peur, fe communique à fes œufs,
comme quelques-vns ont creû ; mais
c'eft qu'elle les bouleverfe & les froiffe
dans l'inquietude où elle eft.

Quant à l'*Alloüette*, lorfqu'elle le voit,
ou l'entend, elle aime mieux fe jetter
entre les mains des hommes, que de
s'expofer à fes griffes. Et bien qu'elle
foit du rang des petits oifeaux qu'il a
de couftume de méprifer ; neantmoins
comme elle vole fort haut, elle eft plus
en prife que les autres qui volent fort
bas : C'eft-pourquoy eftant plus fouvent
rencontrée par l'*Efpervier* & par l'*Aigle
marine*, que l'on dit auffi eftre vn de
fes plus grands ennemis, elle en eft plus
fouvent prife, & femble avoir quelque
Haine particuliere contre eux. La *Perdrix*

drix en est aussi ordinairement poursui-
vie, parce qu'elle luy est vne proye de-
licieuse, & parce qu'il est instruit à la
voler.

On met aussi le *Pigeon* au rang de ceux
qui en sont le plus souvent attaquez, non
seulement parce qu'il en est friand, &
qu'il le poursuit pour cette raison plus ardemment, comme nous avons dit, mais
encore parce que cét oiseau de proye est
plus commun, & qu'on en a fait plus
d'experiences que des autres.

Car il est certain que le *Pigeon* hait
tous les oiseaux de proye, & mesme en
a creû qu'il haïssoit plus le *Circus* &
l'*Haliætus*, ou l'*Aigle marine*, qu'il ne
fait l'*Aigle* ni l'*Espervier*, sur ce que l'on
a experimenté qu'il a plus de peur quand
il entend le cri du Circus & du Haliætus, qu'il n'en a de celuy de l'Aigle &
de l'Espervier. Cela ne vient pas neantmoins d'vne plus grande Haine qu'il a
contre eux, mais de ce que les deux
premiers attaquent leur proye en criant,
& que le Pigeon qui les entend, juge
de là qu'ils doivent estre fort proches;
c'est-pourquoy il en a plus de peur que
quand il entend le cry de l'Espervier

N

& de l'Aigle commune, qui ne crient jamais quand ils sont prés de la proye. Car les entendant crier, il juge qu'ils sont éloignez, ou qu'ils ne l'ont pas apperceû, & qu'ainsi il n'est pas en si grand peril. Au reste, le *Circus* est mis par Aristote entre les especes d'Espervier; mais n'en ayant point particularisé la difference, il n'est pas aisé de dire quelle elle est. L'Escale avouë ingenuëment qu'il ne le connoist point, Aldrouandus croit que c'est l'*Accipiter Palumbarius*, Belon le Fauperdrieux, mais Aristote fait de celuy-là vne espece particuliere. Il y a plus d'apparence que c'est nostre Faucon : car Aristote a confondu l'Espervier avec le Faucon.

C'est pour la mesme raison que la *Poule* a vne Haine particuliere contre le *Renard* ; car il en est friand, & luy dresse souvent des embusches, comme il fait à l'*Oye*, à la *Canne*, & mesme à la *Corneille*.

On pourroit mettre en ce rang l'Aversion qu'elle a contre le *Milan* & contre la *Belette* ; mais elle ne vient pas tant du danger où elle est d'en estre devorée, que de celuy où sont ses pe-

Albert.

tits & fes œufs ; c'eft-pourquoy ces exemples appartiennent au troifiéme Chapitre.

Entre ceux qui haïffent l'Efpervier, *Albert.* on met encore l'*Eſtourneau*, qui s'en deffend à la verité & tafche toûjours de prendre le deffus, afin de laiffer tomber fa fiente fur luy, ce qui le fait fuir.

L'*Onocrotale*, *Pelican*, ou *Livane*, a *Ifidor.* encore vne Averfion contre luy, c'eſt-pourquoy quand il veut dormir, il met fon bec entre fes aifles, la pointe en a-mont, comme fait le Heron quand il eſt attaqué, afin que l'Efpervier venant à fondre fur luy, il s'y enferre.

On a jugé que le *Drepanis*, ou l'*Hirondelle aquatique* hait-merveilleufement le *Faucon*, parce qu'entendant feulement le bruit de fes fonnettes, elle eſt furprife d'vne fi grande peur, qu'elle fe laiffe pluftoft affommer à coups de pierre, que de fe hazarder à s'élever dans l'air.

La *Tourterelle* hait auffi le *Faucon* & le *Corbeau*, parce qu'ils l'attaquent fouvent, & qu'ils la mangent.

Il en eſt de mefme du *Plongeon* en- *Arift.* vers la *Cicongne* & le *Crex* ; mais on ne fçait pas bien quel eſt le Crex d'Ariftote, Aldrouandus croit que c'eſt vn oiſeau que les Italiens nomment *Auoceta*; mais l'opinion de Belon eſt plus vrayſemblable, qui tient que c'eſt vn oiſeau d'Egypte. En effet il doit eſtre plus grand que l'Avoceta, puiſqu'il combat contre les Cicongnes, comme Ælian aſſeure.

Philes.

Nous avons déja dit que le *Paſſereau* haïſſoit particulierement le *Vautour*, parce que celuy-cy n'oſant attaquer les plus grands oiſeaux, il attaque les petits, entre leſquels la chair du Paſſereau luy eſt la plus agreable.

Ariſtot.

On en peut dire autant du *Roſſignol*, qui hait le *Collurion*, que l'on appelle *Lanius minor*, ou *Pie-grieſche*, qui pourſuit tous les petits oiſeaux, dont il mange le cerveau, & principalement le Roſſignol, qui eſt plus facile à attraper, à cauſe de l'attention qu'il apporte à ſon chant, & qu'il a l'os de la teſte extrémement tendre, comme on peut juger par la foibleſſe de ſon bec, n'y ayant guere d'oiſeau qui l'ait plus foible que luy; c'eſt-pourquoy ſon ennemi a moins de peine à jouïr de ſa proye.

Tous les petits oiſeaux haïſſent la

Belette, non feulement parce qu'elle les
mange, mais encore parce qu'elle devore leurs œufs & leurs petits. Ils haïffent auffi le *Cocu* à caufe qu'il reffemble à l'Efpervier : car les plus petits l'attaquent, comme ils font le Hibou.

Ariftote dit que l'*Ægolius* devore le
Colaris, & par confequent le Colaris le
hait ; mais la difficulté eft de fçavoir
quels font ces oifeaux. Car quant à l'*Æ-
golius*, quoy qu'il foit certain que ce
foit vne efpece de Hibou, on n'eft pas
affeuré quelle elle eft, Gaza le traduit
Vlula, ou Hulote ; mais l'Ægolius a
des oreilles, & l'Vlula n'en a point :
de forte qu'il faut de neceffité que ce
foit vne efpece de Duc , qui a le bec
tellement camus , qu'il reffemble au
nez de Chevre, dont il a pris le nom.
Pour le *Colaris*, Albert le grand tient
que c'eft vne efpece de Paffereau ; Lef-
cale croit que ce doit eftre vn oifeau
nocturne ; car s'il ne paroiffoit la nuit,
l'Ægolius ne le tuëroit pas. Mais cette
raifon me femble foible : car vn oifeau qui chaffe la nuit , peut attaquer
des oifeaux qui ne font pas noctur-
nes.

On adjoufte que l'*Efpervier* hait naturellement le *Crocodile*, dans la crainte qu'il a d'en eftre devoré, & que c'eft pour ce fujet que quand il boit l'eau du Nil, il tient toûjours les aifles étenduës en beuvant, afin d'eftre tout preft à s'envoler quand il paroiftra. Mais il n'y a guere d'apparence que cette Haine vienne de cette caufe-là; car outre qu'elle ne fe trouve en aucun oifeau de proye, dautant qu'ils ne fe mangent pas les vns les autres, & qu'ils font hors d'atteinte à l'égard des autres beftes carnacieres, elle ne fe donne par la Nature que pour les dangers que les Animaux ne peuvent éviter par la connoiffance des fens; & il eft vray-femblable que l'Efpervier a affez d'autres moyens pour éviter les attaques du Crocodile, & que c'eft affez qu'il voye la figure & la grandeur de cét animal pour le craindre & pour le fuir. Car pour la raifon fur laquelle eft fondée cette averfion, on peut répondre qu'il ne tient fes aifles étenduës que pour empefcher qu'elles ne fe mouillent, & qu'il boit fi peu, qu'il n'a pas peine à les tenir ainfi pendant qu'il boit.

Le *Lievre* hait naturellement l'*Aigle* *Alberr.*
jufques à trembler quand il entend fon
cri ; car non feulement il le devore,
mais il l'enleve quelquefois pour le porter dans fon nid, afin d'en nourrir fes
petits , & de les échauffer de fa peau.
Il hait encore l'*Efpervier*, le *Corbeau*, le *Ælian.*
Renard & la *Belette*, & fur tout le *Chien*,
parce qu'il en eft plus fouvent attaqué;
L'induftrie des hommes augmentant
l'inclination naturelle qu'il a de le pourfuivre.

Il n'y a point de Haine qui ait efté
fi particulierement obfervée comme
celle de la *Brebis* & du *Cheval* contre le
Loup, comme nous avons remarqué au
commencement de ce difcours. Mais
tout le beftail ne le hait pas moins. Et
l'*Afne* le craint de telle forte, qu'il de- *Arift.*
vient comme ftupide quand il l'apper-
çoit , fe contentant de tourner la tefte
pour ne le voir point , & fe laiffant ainfi
devorer fans fonger à fuir ou à fe deffendre.

Le *Cerf* le hait auffi , qui hait encore
le *Lion*, l'*Ours*, le *Tigre* & le *Lynx*, qui
eft le Loup-cervier, mais particulierement le *Chien*, parce qu'il en eft plus

souvent attaqué. Il hait encore l'*Aigle*
& le *Vautour*, dautant qu'ils se mettent
sur sa teste, luy becquetant les yeux &
le frappant à coup d'aisles, en sorte qu'il
est contraint de se precipiter à travers
les rochers, & aprés qu'il est tombé ils
s'en repaissent.

Quelques-vns ont dit que le *Cerf*
haïssoit le *Belier*; mais c'est vne erreur
qui vient de ce qu'ils ont pris ἔλαφος
pour ἔλεφας: car on a dit cela de l'Elephant, quoy que cela ne soit pas veritable.

Le *Cheval* hait l'*Ours* & le *Lion*, &
les craint dés la premiere fois qu'il les
voit, parce que ce sont des animaux
robustes & hardis, qui devorent tout
ce qu'ils rencontrent; il est vray qu'il
s'en deffend, s'il est entier; car lorsqu'il est chastré, il n'est pas possible de
l'en faire approcher quelques coups
qu'on luy donne.

L'*Elephant* hait le *Lion*, le *Tigre* & le
Dragon, qui combat contre luy, car il
en aime le sang à cause qu'il est le plus
froid de tous les Animaux, & qu'il s'en
sent rafraischi dans les ardeurs du climat & de la saison.

Porta.

Auicen.

Ælian.

Le *Chameau* hait extrémement le *Lion*, parce qu'il en eſt ſouvent attaqué, ſa chair eſtant la plus delicieuſe viande qu'il trouve, comme Ælian aſſeure par quantité d'exemples.

Le *Chien* & le *Loup* ſe haïſſent mutuellement, parce que le Loup le devore, & que luy auſſi l'attaque pour le prevenir ; joint qu'il eſt inſtruit à l'attaquer pour la deffenſe du beſtail.

Il y a Haine mutuelle entre le *Tigre* & le *Crocodile* ; car ce ſont des Animaux carnaciers & gourmands, qui devorent tout ce qu'ils trouvent.

Le *Dragon* hait la *Panthere*, car c'eſt vn animal farouche qui attaque tout ce qu'il rencontre.

Le *Serpent* hait l'*Aigle*, le *Pourceau* & le *Coq*, parce qu'ils le devorent. Il hait pour le meſme ſujet le *Paon*, juſques-là qu'il s'enfuit quand il l'entend crier. Ælian adjouſte le Cygne, mais Bellunenſis dit qu'il faut lire la Cicongne, parce qu'elle ſe nourrit de Serpens.

Il hait auſſi le *Cerf* & le *Chevreuil*, qui le devorent. Or il eſt vray-ſemblable qu'ils ne le mangent pas pour s'en nourrir, mais pour leur ſervir de reme-

Nicand,
Theoph.
Plin.

de, foit pour les vers, dont le Cerf eft
fouvent malade, foit pour remedier à
la foiblefle de fa veuë, comme dit Bel-
lunenfis, foit enfin pour fe rajeunir,
comme veut Albert le Grand. Quoy qu'il
en foit, Simeon Sethi donne advis de
ne manger pas en Efté de fa chair, parce que c'eft en ce temps-là qu'il devore
les Serpens; mais cét avis eft à mon jugement mal fondé, car la digeftion
corrige le venin, & la Poule qui en
mange n'en eft pas moins bonne. Nous
dirons cy-aprés comme le Cerf attire le
Serpent par fon haleine.

Arift.
Il hait encore l'*Ecrevice de mer*, qui
combat contre luy, & le tuë, & s'appelle pour ce fujet ὀφιόμαχος.

Avicenne dit que la *Vipere* haït l'*Offi-
fragus*, mais cela eft commun à tous les
Serpens, qui ont averfion contre toutes
fortes d'Aigles.

Ælian.
Le *Lezard* hait le *Serpent*, le *Crapaut*
& le *Scorpion*, parce qu'ils le mangent.

Il y a inimitié entre le *Crocodile* & le
Serpent Hydrus; parce que le Crocodile
le devore, & qu'il en eft aprés malade.

Le *Thon* hait le *Dauphin*, le *Chien de
mer*, & tous les *Cetacées*, mais fur tous

le *Gladius*; car Mathiole dit qu'il pourfuit & fait fuir les Thons, comme le
Loup fait les Brebis.

Le *Polype*, la *Murene*, & l'*Ecrevice de* Plin.
mer fe haïffent, parce qu'ils fe mangent Arift.
l'vn l'autre, mais la Murene pourfuit
principalement cette efpece de Polype,
qui fe nomme *Oz&na*, qu'elle fent de plus
loin à caufe de fa mauvaife odeur. Le
Congre pourfuit auffi la *Murene*.

Le *Veau marin* craint l'*Ours*, parce Oppian.
qu'il le devore; mais outre cela il y a
Haine mutuelle entre eux, parce qu'ils
vivent tous de poiffons, comme nous
avons dit.

La *Langoufte*, ou *Ecrevice* hait telle- Plin.
ment le *Polype* qui la mange, que quand Ælian.
elle fe fent prife en vn mefme ret avec
luy, elle en meurt de peur. Quand le Oppian.
Polype l'a furmontée, il en fucce tout
le fuc.

L'*Aftacus* hait auffi le *Polype*; Et le Philes.
Polype hait le *Dentex* pour la mefme Ælian.
caufe. Oppian.

La *Ziga* que Gefnerus croit fauffe-
ment eftre l'*Aloze*, hait l'*Eftourgeon*, qui
la pourfuit jufques à la contraindre de
fortir de la mer.

Plin.

Le *Polype* hait le *Congre*, qui le dé-chire ; Ælian dit cela de la Murene; mais l'vn & l'autre eſt veritable.

Plin.

Comme la Belette terreſtre hait le Serpent, la *Belette marine* hait la *Paſti-naca*, qui eſt le plus venimeux de tous les poiſſons ; toutefois Maſſaria aſſeure qu'il ne faut pas lire γαλευ᾽ mais γαλεω-τὴς, qui eſt le Gladius.

Pollux.
Merula.

La *Murene* pourſuit l'*Oʒæna*, & celle-cy les *Mænules* & les petites *Squilles*; & les *Squilles* combattent perpetuelle-ment le *Labrax* : mais elles ſont devo-rées par le *Phocas* & par le *Loup*. Elles s'en vengent auſſi, car quand elles ſe

Ælian.
Oppian.

ſentent priſes, elles levent leur creſte, qui eſt picquante, & bleſſent le gozier du Loup, d'où il ſort quelquefois tant de ſang, qu'il en eſt eſtouffé.

Plin.

Le *Limaçon* connoiſt & fuit le *Heron* & la *Perdrix*. Le *Larus* ou *Canjard* l'é-leve en haut, & puis le laiſſe tomber ſur le rocher pour s'en repaiſtre aprés.

L'*Huiſtre* hait le *Cancre* & l'*Eſtoille marine* ; car le Cancre jette vne pierre dedans pour empeſcher qu'elle ne ſe ferme. Ce que l'Eſtoille fait auſſi en mettant vn de ſes raiz entre ſes coquilles. Elle hait auſſi le *Polype* qui en eſt friand, & qui ſe ſert du meſme artifice que le Cancre.

Le *Limaçon* hait le *Lezard*, parce qu'il le mange.

La *Grenouille* hait la *Cicongne*, le *Butor* ou *Buzard*, le *Putois* ou *Muſtella ruſtica*, l'*Anguille*, le *Brochet*, le *Serpent*, & principalement le *Chelydrus* & la *Salemandre*; parce qu'elle en eſt devorée: Elle hait auſſi le *Cygne*, car quand il eſt malade d'vne certaine maladie, il s'en guerit en la devorant. *Textor.*

L'*Abeille* hait le *Merops* ou *Gueſpier*, l'*Hirondelle* & le *Parus* ou *Meſange*, parce qu'ils s'en nourriſſent: Elle hait auſſi les *Freſlons* pour le meſme ſujet; & les *Serpens* & les *Lezards*, parce qu'ils la tuënt & la mangent.

Les *Freſlons* haïſſent le *Hibou*, qui les devore. *Plin.*

La *Mouſche* hait l'*Hirondelle*, l'*Araignée* & les *Freſlons*. *Ariſt.*

L'*Araignée* hait le *Stellion* & l'*Ichneumon*, qui eſt vne ſorte de Gueſpe qui la mange; & le *Scorpion* qui l'attrape en tirant vn peu ſa toile.

La *Sauterelle* hait l'*Allouëtte*, la *Chouë-* *Ariſt.*

tè, l'*Ibis* & le *Serpent Chelydrus*, parce qu'ils la devorent.

L'*Ichneumon* & la *Guespe* se haïssent. Le *Phalange* & l'*Araignée*, parce qu'ils se mangent les vns les autres.

Plin.

Des Animaux qui stupefient les autres pour les devorer.

ARTICLE II.

Arist.

L'EXEMPLE le plus considerable, & celuy qui sert comme de fondement à tous les autres, est celuy de la *Torpille* qui endort & stupefie les poissons pour les devorer. Car puisqu'elle endort la main des Pescheurs, il est à croire qu'elle fait la mesme chose aux poissons. Et de fait comme c'est le poisson le plus lent qui se puisse trouver, il faloit que la Nature luy donnast quelque moyen pour vivre. Aussi Aristote remarque que l'on a trouvé quelquefois dans son ventre le Mugil, qui est le plus viste de tous les poissons, & que c'est vne marque qu'il avoit esté arresté par l'engourdissement que la Torpille inspire.

Le *Crapaut* fait la mefme chofe fur la *Belette*; car elle ne l'a pas pluftoft apperceû, qu'elle fe met à courir & à crier en mefme temps, fautant d'vn lieu à vn autre, & rempliffant l'air de plaintes extraordinaires, comme fi elle cherchoit du fecours pour fe deffendre d'vn fi dangereux ennemi : Enfin aprés tous ces cris & ces courfes inutiles, on la voit approcher de luy, & paffer dans la gueule de ce vilain animal. Quelques-vns ont dit que c'eftoit là vne efpece de fafcination, & vn effet de quelque vertu attractive qui forçoit la Belette à fe jetter en ce peril. Mais outre que nous avons détruit toutes ces vertus attractives au Traité de la Douleur, il faudroit que celle-cy euft comme toutes les autres que l'on met en avant, fes bornes naturelles, au delà defquelles elle n'euft plus de force ni d'action. Cependant, la Belette monte au haut des arbres, elle court çà & là, & s'éloigne quelquefois affez pour croire vray-femblablement qu'elle fort hors de fes limites, & qu'elle eft à couvert de cette attraction pretenduë. Il y a donc plus d'apparence de dire que

la Haine que la Nature luy a infpirée
contre le Crapaut, à caufe qu'il attente à fa vie, luy donne du courage pour
l'attaquer, fans vouloir fuir devant luy,
comme fait la Brebis devant le Loup;
& qu'enfin s'eftant refoluë à ce combat
à la maniere des Cygnes & des Gruës,
qui attaquent l'Aigle qui les pourfuit,
elle le va affaillir, & que s'en appro-
chant, elle fe fent en mefme temps
étonnée & furprife d'vn certain engour-
diffement; le venin que le Crapaut répand en l'air, faifant le mefme effet
fur elle, que celuy de la Torpille fait
fur les Poiffons & fur les mains des
Pefcheurs.

La *Vipere* fe fert du mefme artifice
pour prendre le *Roffignol*; car l'ayant
apperceû prés d'elle, elle le regarde fixement avec des yeux flambans, & la
gueule ouverte, & lançant ainfi fon venin fur luy, elle luy ofte la voix & le
mouvement, & le faifant tomber à terre, elle le devore. C'eft pourquoy,
comme s'il prevoyoit ce danger, il fuit
les lieux où elle a accouftumé de demeurer, & il aime le Paon, croyant
eftre en feureté avec cét Oifeau, qui
eft

Cardan.

eſt l'ennemi des Serpens , & qui les
met en fuite au ſeul bruit de ſa voix.

L'Hiſtoire du nouveau monde nous
apprend qu'il y a dans l'Amerique vn
grand Serpent que l'on appelle *Stupide*,
qui empoiſonne ainſi & charme les Animaux qui s'approchent de luy , la Nature luy ayant donné cette vertu pour
ſuppléer à ſa lenteur & à ſa pareſſe, qui
luy feroient échaper toute ſa proye,
s'il n'avoit ce merveilleux moyen de
l'arreſter. *Euſeb.*
Nieremb.

On dit que l'*Aigle marine* a vne certaine graiſſe à la queuë, qu'elle laiſſe
tomber peu à peu dans l'eau où elle voit
les poiſſons , qui les rend ſtupides &
immobiles. *Ælian.*

Les *œufs de la Cicongne* deviennent
ſteriles par le ſeul attouchement de la
Chauve-Souris. C'eſt-pourquoy la Ci-
congne entoure ſon nid de feüilles de
Plane qui ont la vertu de ſtupefier la
Chauve-ſouris. *Pline.*
Ælian.

Le *Serpent* & le *Crocodile* haïſſent l'*I-
bis* pour le meſme ſujet, s'il eſt vray ce
que l'on dit, qu'en les touchant ſeulement d'vne de ſes plumes, ils demeurent aſſoupis, & crevent en ſuite, com- *Ælian.*

O

me affeure Philes; A plus forte raifon quand il pourfuit le Serpent pour le devorer.

Plin. Il y a quelque chofe de femblable dans le *Cerf* qui attire les *Serpens* de leurs trous, & leur caufe vne forte de vertige, comme dit Pline. Mais la queftion eft de fçavoir comment il les attire. Les vns tiennent que c'eft par fympathie; mais cela ne fe peut fouftenir, puifqu'ils le fuyent aprés eftre fortis; Et Nicander affeure qu'il faut prendre garde d'eftre picqué par ceux qui fortent ainfi, parce qu'ils font irritez, & que leur picqueure en eft plus venimeufe. Pline croit que c'eft par force & par contrainte; mais il faudroit que cela fe fift par vne vertu attractive, que nous avons détruite. Gefnerus penfe qu'il attire l'air qui eft dans les trous, & que le Serpent eft contraint de fuivre l'air qui eft attiré. Mais l'opinion d'Ælian eft la plus vray-femblable, qui dit que le Cerf en pouffant fon haleine dans les trous, efchauffe l'air qui y eft, & que les Serpens fortent pour jouïr de cette chaleur douce : & de fait c'eft principalement en Hyver que cela arrive. A

quoy il faut adjouſter qu'aprés qu'ils
ſont ſortis il leur inſpire quelque qualité ennemie qui leur cauſe le vertige
que l'on y remarque. Cela ſe peut con-
firmer par ce que dit Pline, que les
Elephans les font auſſi ſortir comme les
Cerfs; mais que l'haleine de l'Elephant
les attire, & que celle du Cerf les brû-
le, & que le parfum de la corne de Cerf
les fait fuir.

Si ce que l'on dit du pouvoir du *Be-*
lier de mer envers le *Veau marin*, eſt
vray, il doit eſtre mis en ce rang: Car
il y a bien plus d'apparence qu'il l'endort & le ſtupefie, que non pas qu'il
l'attire par la force de ſon haleine pour
le devorer. Mais Ælian qui rapporte
cecy, eſt vn Auteur fort ſuſpect en ces
matieres.

Le *Stellion* a auſſi la vertu de ſtupefier *Plin.*
le *Scorpion*, & Galien n'a pas oublié à
dire que s'il le regarde, il le rend immobile, & le tuë: Mais ce n'eſt pas la
veuë qui produit cét effet, c'eſt le venin qu'il répand en l'air.

Pline dit que la *Hyene* charme & ar-
reſte quelque animal que ce ſoit en s'ap-
prochant de luy; & l'on marque parti-

culierement que le *Chien* & le *Leopard*
la haïſſent pour ce ſujet. Mais la pluſpart de tout ce que l'on dit de la Hyene, eſt fabuleux ; & meſme on ignore
quelle eſt celle dont les anciens ont
parlé. Sur quoy il me vient dans la penſée que ce pourroit eſtre cét animal que
les Indiens appellent *Skekal*, qu'ils
croyent eſtre vne eſpece de Chien ſauvage, qui ſe tient caché tout le jour,
& ſort la nuit criant trois ou quatre fois
à certaines heures. Le ſoupçon que j'en
ay vient de ce qu'il eſt friand des corps
morts, comme on dit de la Hyene, &
qu'il les déterre pour les manger ; &
de ce que l'on dit qu'il ſe trouve en
Afrique, comme celuy-cy, qui eſt encore commun aux environs de Sourra,
qui eſt au Mogol le long du Tygre &
de l'Euphrate, & dans l'Egypte. Mais
on n'a point éprouvé qu'il ſtupefie aucun animal, comme on a creû que la
Hyene faiſoit.

Plin.

Il faut mettre en ce rang la Haine
que le *Serpent* a contre l'*Araignée* ; car
ſe laiſſant couler le long de ſon filet ſur
la teſte du Serpent, elle le ſtupefie en
ſorte qu'il demeure immobile ; & le tuë

par son venin. Pline dit qu'il tombe
en vertige, & qu'il meurt aprés. Elle
tuë le Crapaut de la mesme sorte.

L'*Abeille* hait le *Crapaut*, qui l'endort *Arist.* *Philes.*
par son souffle, & la tuë.

Des Animaux qui haïssent ceux qui détruisent leurs œufs & leurs petits.

ARTICLE III.

IL y a Haine mutuelle entre le *Hibou* *Arist.*
& la *Corneille*; car ils se mangent les
œufs l'vn à l'autre, celuy-là de nuit, &
celle-cy de jour.

Le *Hibou* hait le *Corbeau*, la *Belette*, *Arist.*
la *Pie* & l'*Orchilus*, parce qu'ils mangent
ses œufs : L'escale ignore quel est l'Orchilus. Aldrouandus lit Trochilus, &
dit que c'est vne espece de Poule d'eau.

Le *Pigeon* hait le *Hibou*, & tout le *Auth.*
genre de Corbeaux, à sçavoir, le *Cor-* *de Nat.*
beau, la *Corneille* & la *Pie* ; parce qu'ils
mangent ses œufs & ses petits, quand
ils commencent à voler.

Le *Merle* hait aussi le *Hibou* & le *Crex*, *Arist.*
parce qu'ils mangent & devorent ses
petits.

O iij

Ælian. Il y a Haine mutuelle entre la *Ciconge* & la *Chauve-souris*, parce qu'ils se mangent l'vn à l'autre les œufs & les petits.

Arist. Il y a inimitié entre le *Corbeau* & le *Chlorion* ou *Verdier* pour la mesme cause : C'est Pline qui dit cela ; mais Aristote au lieu de Chlorion, met le Pipra, que Gaza a traduit Pipos.

Aristote. L'*Ægithus* que Gaza traduit *Salus*, lequel Belon dit estre la *Linotte*, quoy que Lescale n'en soit pas d'avis. L'*Ægithus*, dis-je, hait l'*Asne*, parce que celuycy se frottant contre les buissons, rompt son nid, & fait tomber ses œufs ; c'est-pourquoy le souvenir de cét accident luy donne tant de peur, que lorsqu'il l'entend braire, il gaste tous ses œufs, ou fait tomber ses petits de son nid. Pour s'en venger, il vole sur l'Asne, & luy bequette ses vlceres.

Ælian. Le *Renard* hait l'*Aigle* & le *Milan*, le *Circus* & l'*Emerillon*, parce qu'ils mangent ses petits ; outre que ce dernier luy arrache le poil.

Arist. Le *Corbeau*, la *Corneille* & la *Poule* haïssent la *Belette*, parce qu'elle mange leurs œufs. Lescale dit que tous les

Oiseaux la haïssent pour ce sujet.

Le *Lezard* hait la *Cicongne*, parce qu'-
elle mange ses petits, & les porte aux
siens, pour les en nourrir ; mais il y a
apparence que puisqu'elle devore les
Serpens, elle en fait autant des Lezards
& que le Lezard la hait pour deux raisons.

L'*Allouëtte* & le *Heron* se haïssent mutuellement, parce que le Heron mange les œufs de l'Allouëtte, & que l'Allouëtte casse les siens. Le *Heron* hait
encore pour le mesme sujet le *Pipo*, qu'-
Aristote appelle ἵππος, & que Lescale
dit ne connoistre point.

Ariſtote.

Le *Lezard* hait encore l'*Araignée*,
parce qu'elle enveloppe avec sa toile ses
petits, & les fait ainsi mourir pour s'en
nourrir.

Ariſtote.

Le *Crocodile* hait l'*Ichneumon*, non
seulement parce qu'il entre en son corps
quand il dort, & luy déchire les entrailles, mais encore parce qu'il mange
ses œufs. Il hait aussi le *Scorpion*, qui
tuë ses petits quand ils sortent de l'œuf,
comme asseure Philes.

L'*Allouëtte*, le *Pipra*, le *Chloreus* &
l'*Avis varia* se haïssent, parce qu'ils se

Ariſt.

mangent les œufs. On n'eſt pas bien aſ-
feuré quel eſt le ποικιλὶς ou *Avis varia*
Belon dit que c'eſt le Chardonneret,
Aldrouandus que c'eſt Pica-varia. Il y
a encore du doute pour le Chloreus,
comme nous dirons cy-aprés.

Ariſt. Le *Clorion* hait le *Crex* , parce que
celuy-cy mange ſes petits , & l'attaque
meſme.

Ariſt. L'*Aigle* & le *Sitta* ſe haïſſent , parce
que l'Aigle le devore , & le Sitta man-
ge les œufs de l'Aigle. Le Sitta eſt le
Picus cinereus, Torche-pot, ou Grim-
pereau. Le *Dragon* devore auſſi les petits Aiglons.

Oppian. La *Cicongne* & le *Serpent* ſe haïſſent
parce qu'elle le devore, & qu'il mange
ſes œufs.

Plin.
African. La *Cicongne* hait la *Chauve-ſouris*,
parce que celle-cy rend ſes œufs infe-
conds par ſon ſeul attouchement.

Ælian. Le *Pourceau* hait la *Salemandre* , & ne
la voit pas ſi toſt, qu'il ſe jette ſur elle,
& la devore : On dit meſme qu'il n'en
ſent point de mal , mais que ceux qui
mangent de ſa chair en meurent. Ce
que je ne croirois pas facilement ; car
la digeſtion diſſipe le venin. Mais il y a

de l'apparence que le Pourceau la hait
parce qu'elle empoisonne ses Cochons.

L'*Elephant* hait le *Dragon*; non seulement parce que celuy-cy l'attaque & *Plin.*
luy succe le sang; mais principalement
parce qu'il pourfuit ses faons, comme
asseure Strabon.

L'*Aigle* hait le *Serpent*, parce qu'il *Plin.*
mange ses œufs, & le Serpent la hait
parce qu'elle le devore.

Le *Heron* & la *Souris* se haïssent, par- *Plin.*
ce qu'ils se mangent leurs petits l'vn à
l'autre, aussi bien que l'*Emerillon* & le
Renard.

---

*De la Haine que les Animaux ont
contre ceux qui les tuënt par
leur venin.*

CHAPITRE II.

TOvs les Animaux haïssent le *Ba-
silic*, & nul ne l'ose attaquer que
la *Belette*, qui mange de la ruë aupara- *Lemnius.*
vant & aprés l'avoir attiré de son trou,
elle le tuë, mais elle en meurt aprés.
Hors elle il n'y en a aucun qui s'appro-

che mefme de fon cadavre, & qui ne le fuye. C'eft-pourquoy l'Hiftoire porte que ceux de Pergame le firent fufpendre dans le temple d'Apollon, afin que les Araignées & les Oifeaux n'y entraffent point. On dit auffi que fa dépouïlle eftoit penduë dans le temple de Diane, où les Hirondelles n'entroient jamais.

Bodin.

Il y a Haine mutuelle entre la *Vipere* & le *Scorpion*; car fi on les met tous deux en vn vaiffeau, ils fe tuënt l'vn l'autre.

Volphius.

Il y a Haine mutuelle entre le *Serpent* & l'*Araignée*, car le Serpent la mange comme tous les autres infectes; Et l'Araignée le tuë de fon venin; elle tuë auffi le Crapaut comme nous avons dit.

Plin.

Le *Scorpion* & le *Crocodile* fe hayffent parce qu'ils s'empoifonnent l'vn l'autre.

Philes.

Le *Bœuf* hait la *Vipere* & le *Serpent*, parce qu'il meurt de leur piqueure, & hait encore la *Grenouïlle verte* & la *Buprefte*, parce que lorfqu'il les avale eftant cachées fous l'herbe, elles le font crever.

Le *Corbeau* hait le *Chameleon*; car ce luy eft vn poifon qui luy nuit par le feul

Ælian.

attouchement, à plus forte raifon quand il vient à le manger : Il s'en garantit avec le Laurier.

Le *Serpent* hait auſſi le *Chamæleon*, parce que celuy-cy l'appercevant ſous l'arbre où il eſt, il laiſſe tomber ſa ſalive deſſus luy, & le tuë ainſi. L'*Elephant* meſme qui l'avale eſtant caché ſous les feüilles, en meurt, s'il ne mange aprés de l'Olivier ſauvage. *Ælian.*

Il n'y a guere d'Animal terreſtre qui ne hayſſe les *Serpens*, le *Lion* meſme les fuit quand il les apperçoit.

Le *Pourceau* & le *Cerf* hayſſent le *Scorpion*, qui les fait mourir d'vne ſeule piqueure. *Ariſt.*

Les *Sangſuës* & les *Punaiſes* ſe font mourir l'vn l'autre par le venin qu'ils ſe jetttent. *Aldro.*

La *ſalive de l'Homme*, principalement s'il eſt à jeun, eſt funeſte à la *Vipere*, & ſi on la pouſſe juſques en ſon gozier, & qu'elle entre en ſon eſtomach, elle la fait crever. *Ælian.*

Le *Chat* hait tous les Animaux venimeux, & les attaque, comme le *Crapaut*, le *Serpent*, le *Chamæleon*, la *Salemandre*.

Athenée.

Le *Dauphin* hait le *Pompilus*, qui eſt vne eſpece de Thon, & le tuë : mais aprés l'avoir mangé, il ſent ſes entrailles toutes en feu, & ne peut durer en place : De ſorte qu'il ſe jette au rivage, où il eſt ſouvent pris par les Peſcheurs, ou mangé par le Corbeau marin, ou par le Larus.

Mizald.

Si la *Corneille* mange les reſtes de la charongne que le *Loup* a touchée, elle meurt.

Pline.

Si quelqu'vn picqué d'vn *Serpent*, ou mordu d'vn *Chien enragé*, vient au lieu où les Poules couvent, & le beſtail fait ſes petits, il gaſte & corrompt tout : Mais cette obſervation eſt fort ſuſpecte.

Quoy que le *Coq* avale les *Serpens* ſans peril, leur picqueure le peut faire mourir.

Quand la *Salemandre* ſe gliſſe dans vn monceau de bled, ſi le *Coq* vient à en manger, il meurt.

Des Animaux qui se hayssent pour le vivre.

CHAPITRE III.

TOvs les Oiseaux de proye se hays- *Ariſtote.*
sent entre eux, parce qu'ils s'enlevent ou se disputent l'vn à l'autre le
vivre, & plus ils sont avides, plus ils
sont hays des autres. C'est-pourquoy
on a remarqué que l'*Aigle* & le *Vautour*
avoient vne tres-forte inimitié l'vn contre l'autre; parce qu'ils sont tous deux
fort gourmands. Il en est de mesme de
l'Aigle & de l'Espervier.

Aristote dit qu'il y a aussi inimitié
entre l'*Aigle* & le *Cymindis*, mais on ne
sçait quel est cét Oiseau. Quelques-vns
croyent que c'est le Duc : mais comme
Aristote dit qu'il s'appelle autrement,
Chalcis, par le témoignage d'Homere,
& que le Chalcis habite aux montagnes,
& qu'il est de la grandeur de l'Espervier, ce ne peut estre le Duc. Il hait
aussi le *Subis*; mais celuy-cy est encore
plus inconnu.

Aldro.
Plin.

Le *Vautour* & l'*Æfalo*, ou l'*Emerillon* fe battent pour la proye. L'*Efpervier* hait le *Tinnunculus* ou *Crefferelle* jufques-là que Pline dit que celuy-cy l'eftonne & le fait fuir. Mais il eft vray-femblable que comme la Crefferelle l'attaque quand il vole aprés les petits oifeaux, il abandonne facilement vne proye qu'il méprife, & qui luy eft contestée, pour en chercher vne plus confiderable.

Arift.

Le *Milan* & le *Buteo*, ou *Bondrée*, fe hayffent auffi pour la proye. Le *Milan* & le *Renard* ont inimitié enfemble, parce qu'ils font tous deux la guerre aux Poules & aux Poulfins.

Ælian.

Il y a Haine mutuelle entre le *Milan* & le *Corbeau*, parce qu'ils vivent tous deux de charongnes, & qu'ils s'oftent la proye l'vn à l'autre ; mais le Milan l'emporte eftant plus fort d'aifles & d'ongles que luy.

On dit auffi que le *Coq* & l'*Attagen*, ou *Francolin* fe hayffent, parce qu'ils mangent de mefmes chofes.

Les *Pigeons* & les *Poules* fe battent auffi pour le mefme fujet.

Ariftote dit qu'il y a inimitié entre la *Tourterelle* & la *Pyralis*, parce qu'ils vi-

vent de mesmes choses; mais on ne sçait
pas quelle est la Pyralis. Gaza traduit
ce mot *Igniaria*, qui est aussi inconnu.
Le Traducteur de Bodin la nomme
Igrairie; & quand Ælian dit que la
Tourterelle hait la Pyrrha, sans doute
que c'est le mesme que Pyralis, ou Phra-
lis, selon Textor.

Tous les Animaux de rapine se hays-   *Arist.*
sent pour le vivre, comme le *Lion* &
le *Lynx*, ou *Loup Cervier*, le *Tigre* &
l'*Oryx*.

Le *Chat* & la *Belette* se hayssent, parce qu'ils chassent tous deux aux Souris;
outre que le Chat la mange.

Le *Cigne* ne souffre point les autres   *Albert.*]
Oiseaux qui vivent des mesmes choses
que luy.

Il y a inimitié entre le *Larus*, l'*Oye*   *Arist.*
sauvage & le *Harpé*, parce qu'ils ont tous
vn mesme vivre qu'ils tirent de la mer.
Le *Larus* est le *Cangeard*, le *Harpé* est le
Milan aquatique, qui vit de Poissons
comme le Larus. C'est-pourquoy Pline
& Lescale se sont abusez, qui pensent
que le Harpé n'est pas vn Oiseau aquatique.

L'*Onocrotale* ou *Pelican*, qui est le plus   *Arist.*

grand de tous les Oiseaux aquatiques, combat contre le *Corbeau*, le *Vautour*, & le *Plongeon*, parce qu'ils vivent tous de Poissons.

La *Canne* hait le *Gavia* ou *Larus*, dit Pline ; Mais Aristote dit que c'est le *Brenthus* ou l'*Oye nonnette* qui vit de Poissons, comme le Larus.

Ælian.

La *Cicongne* hait le *Crex* & le *Plongeon* pour le mesme sujet.

Le *Chien* hait le *Chat*, non seulement parce que le Chien est vn animal envieux, mais encore parce que le Chat mange les mesmes alimens que luy.

Arist.

Le *Heron* hait le *Larus*, parce qu'ils vivent de Poissons.

Arist.

L'*Acanthus* ou *Serin* hait l'*Asne*, parce que celuy-cy mange les bourgeons des espines, de la graine desquelles le Serin se nourrit.

Arist.
Plin.
Ælian.

L'*Elephant* & le *Rhinoceros*, le *Lion* & le *Loup cervier*, le *Crocodile* & le *Dauphin*, le *Lion* & l'*Oryx* se combattent pour le vivre.

Le *Renard* hait le *Milan*, le *Vautour* & le *Corbeau*, qui vivent tous de charongne.

Le *Herisson* hait l'*Ours*, parce qu'ils vivent

vivent tous deux de fruits.

Le *Loup* poiſſon & le *Mugil* ſe hayſſent pour le vivre, & quand ils en ont
proviſion, leur Haine ceſſe. C'eſt Ariſtote qui dit cela, & qui adjouſte que
dans le combat le Mugil eſt ſurmonté
& devoré par le Loup : de ſorte que le
Mugil le hait pour deux cauſes, à ſçavoir, parce qu'il le mange, & parce
qu'il vit des meſmes alimens que luy.

Le *Dauphin* & le *Lamia* ſe hayſſent à
cauſe du vivre : car ils ſont tous deux
tres-goulus, & vivent de meſme proye.

Ariſtote dit qu'il y a inimitié entre le
Cheval & l'*Anthus*, parce que l'Anthus
mange l'herbe, & empeſche le Cheval
d'en manger. Leſcale croit que l'Anthus
eſt le Bruant qui imite la voix du Cheval ; mais Aldrouandus croit que c'eſt
le *Spipola* des Italiens.

La *Tourterelle* hait le *Chloreus*, parce *Ariſtot.*
qu'il la tuë. Mais pourquoy la tuë-t-il ?
Certainement il faut que le Chloreus
ſoit vn grand Oiſeau, puiſqu'il la tuë
& la mange ; car Ariſtote le met au
rang de ceux qui devorent les autres.
Seroit-ce point le Chloreus du Pied-
mont, qui eſt auſſi grand que la Tour-

P

terelle, & qui vole fi vifte, que le Faucon ne le peut atteindre. Il eft vray-
femblable que c'eft pour le vivre qu'ils
fe battent, ou que le Chloreus eft vn
Oifeau de proye.

Arift.

L'*Anthus*, l'*Acanthus* & l'*Ægithus* fe
hayffent : l'Acanthus eft le Serin, l'Anthus eft le Bruant, & l'Ægithus eft la
Linotte.

La *Huppe* combat contre les *Hirondel-*
les, contre la *Pie* & la *Chouëtte*, parce
qu'ils mangent les moufches & les vers
dont elle fe nourrit.

Le *Serpent* & la *Belette* fe hayffent,
parce qu'ils mangent les Souris ; mais
outre cela il eft certain que l'on a trouvé dans le ventre du Serpent les petits
de la Belette : de forte que la Belette
le hait pour deux raifons, parce qu'il
mange de mefmes alimens, & parce
qu'il devore fes petits.

Ælian.

L'*Allouëtte* & l'*Acanthillis*, ou l'*Acan-*
thus fe hayffent.

L'*Abeille* hait les *Bourdons*, parce qu'ils
mangent trop de miel ; Elle hait auffi
l'*Ours* pour la mefme raifon, car celuy-
cy en eft friand.

Albert le Grand dit que l'*Afne* hait le

Rat ; parce qu'il fe met dans fa mangeoire, & qu'il mord fes levres, l'empefchant de manger, & mangeant mefme fa nourriture. Mais comme Ariftote dit la mefme chofe du Colote, quelques-vns croyent qu'Albert s'eft trompé. Neantmoins il eft vray que la Souris mange le grain comme l'Afne.

Le *Heriffon*, le *Renard* & le *Serpent* Car. Steph. fe hayffent pour le lieu; car ils demeurent tous dans les tanieres.

Avicenne dit que l'*Hirondelle* hait le *Paffereau* pour le lieu; car trouvant le nid de l'Hirondelle vuide, il pond dedans, & l'Hirondelle qui reconnoift fon nid, l'en vient chaffer, & fe battent ainfi l'vn l'autre.

Le *Loup* & le *Taixon* fe hayffent, non feulement à caufe du vivre, mais à caufe du lieu; car le Loup ne pouvant faire fortir le Taixon de fa taniere, il fe décharge dedans de fes excremens, dont l'odeur eft fi fafcheufe au Taixon, qu'il eft contraint de quitter la place.

Le κελεὸς & le λύϵιος fe hayffent, & il y a apparence que c'eft pour le vivre, puifqu'Ariftote les met aprés l'exemple de la Tourterelle & de la Pyralis, qui se hayssent pour le vivre; Mais on ignore quels sont ces deux oiseaux. Lescale dit nettement qu'il ne sçait ce que c'est que le Lybius : cependant Fougeroles, qui a traduit le Theatre de Bodin, le nomme *Ravatin*. Il faudroit sçavoir quel est au Dauphiné l'Oiseau qu'il appelle ainsi. Pour le κελεὸς, Aldrouandus croit qu'il faut lire κολοιὸς, & que c'est le Pivert. Mais Lescale dit que le κολοιὸς est le Monedula, ou la Chouëtte, & que le κολεὸς est Oterus, ou Loriot. Gaza traduit κελεὸς *Galgulus*, & sans doute il faut qu'il y ait faute au texte d'Aristote, parce qu'il dit aprés que la κελεὸς & le λύβιΘ sont amis.

Elian.

La *Perdrix* & la *Tortuë* se haïssent, parce qu'ils vivent de mesmes choses; la Tortuë mangeant les vers, les limaçons & l'herbe.

Aristote.

Elian.

Il y a mesme Haine entre le *Serpent* & la *Tortuë* : Et pour la mesme cause il y a inimitié entre la *Cicongne*, le *Crex* & le *Plongeon*, parce qu'ils vivent tous de poissons.

Plin.

Le *Harpé* hait le *Trierchis* pour le mesme sujet.

De la Haine que les Animaux ont contre ceux qui ont des qualitez sensibles qui leur sont fascheuses.

CHAPITRE IV.

De l'Odeur.

ARTICLE I.

CE Chapitre sera divisé en six Articles, dont les trois premiers contiendront les qualitez sensibles qui sont fascheuses d'elles-mesmes, à sçavoir, l'Odeur, la Saveur, la Douleur ; & les derniers celles qui donnent seulement le soupçon & la crainte de quelque danger, à sçavoir, le Son, la Couleur & la Figure.

LA Haine que le *Cheval* a contre le *Chameau*, vient de ce qu'il n'en peut supporter l'odeur, Cardan dit cela de l'Austruche, dont il ne peut supporter la veuë ; mais peut-estre qu'il a pris

Aristote.

P iij

le *Struthiocamelus* pour le *Camelus*.

Theoph.

Le *Vautour* a averfion contre les bonnes odeurs , & principalement contre
les onguens odoriferans ; non feulement
parce qu'il eft accouftumé à l'odeur des
charongnes, mais encore parce que l'o-
deur des onguens le rend malade, &
eft capable de le faire mourir , comme
affeurent Theophrafte & Ælian. Et il eft
certain que fi l'on met de l'onguent
fur ce qu'il doit manger , il n'y touche
point.

Ælian.
Plin.

Les *Abeilles* haïffent également les
odeurs fafcheufes, & les onguens odoriferans ; car elles ont l'odorat fort exquis , comme dit Ariftote , d'où vient
qu'elles fentent mefme & pourfuivent
ceux qui font pollus. Elles fuyent les
chofes huileufes , parce que l'huile
eft ennemi de tous les infectes : c'eft-
pourquoy l'*Efcharbot* meurt fi on diftile
fur luy quelques gouttes d'onguent.

Le *Cheval* ne peut fupporter le cry,
l'odeur ni la veuë de l'*Elephant* : mais
c'eft auffi fa figure monftrueufe & é-
trange qui l'eftonne ; car Cefar accou-
ftuma fes chevaux à fouffrir les Elephans
qui eftoient en fon armée.

Le *Cheval* hait encore le *Porc* à caufe de fa puanteur , c'eft-pourquoy il
faut prendre garde de ne mettre pas les
Chevaux dans les eftables à Porcs.

Le *Lion* hait l'odeur des aulx , & ne *Porta.*
touche point aux hommes qui s'en font
frottez : il fuit mefme les lieux où il les
fent. On dit la mefme chofe du *Leopard*,
qui aime les odeurs fuaves , de forte *Philes.*
que dans l'Armenie , quand le vent
porte l'odeur du Styrax , les Leopards
vont toûjours du cofté d'où l'odeur
vient.

On peut dire auffi que c'eft pour la
mefme raifon que le *Lion* hait la *Squille*,
& qu'il n'en peut fupporter l'odeur.

Le *Tigre* ne peut fouffrir l'odeur du
Bubalus , c'eft-pourquoy les Indiens
nourriffent cét animal afin d'eftre en
feureté contre les Tigres.

La *Belette* tuë le *Bafilic* par fa feule *Plin.*
odeur.

Les *Chevaux* & les *Afnes* tombent en
défaillance s'ils font chargez de pommes
ou de figues. Plutarque dit que c'eft
l'odeur de ces fruits , qui fait en eux
le mefme effet que celle des rofes fait
en quelques perfonnes.

P iiij

Le *Renard* hait la *Ruë ſauvage*, c'eſt-
pourquoy quelques-vns la meſlent avec
la paſture des poules, pour eſtre en ſeureté contre le Renard , & ils attachent
meſme de la Ruë à leurs aiſles.

Les *Fourmis* haïſſent l'*Origan*, & c'eſt
ſans doute à cauſe de ſon odeur qu'elles ne peuvent ſupporter.

Le *Crapaut* hait les *Odeurs fortes*, c'eſt
pourquoy Palladius conſeille de ſemer
dans les jardins de la Ruë , du Naſi-
tort, & autres plantes qui ont l'odeur
acre & piquante. Il hait auſſi l'odeur de
la vigne en fleur.

Le *Fient* des *Porcs* eſt faſcheux aux
Bœufs.

Le *Parfum* de *corne de Cerf* fait fuir les
Serpens; mais outre l'odeur , c'eſt qu'il
porte avec ſoy cette qualité maligne
qui les ſtupeſie.

Le *Lion de mer*, qui eſt vne ſorte d'E-
crevice, eſt haï par le *Lion terreſtre* , de
ſorte qu'il n'en peut ſupporter la veuë
ni l'odeur.

Le *Chat* hait la *Ruë*, c'eſt-pourquoy on
la pend aux feneſtres & ouvertures des
colombiers pour les empeſcher d'y entrer ; On l'attache meſme aux aiſles des

Pigeons. Il hait aussi les onguens odoriferans, jusques à se mettre en fureur quand il les sent.

Si l'on frotte les narines du *Bœuf* avec *African.* de l'onguent rosat, il tombe en vertige.

Le *Porc* hait toutes sortes d'onguents *Lambin.* odoriferans, & principalement celuy qu'on fait de marjolaine, qu'on nomme *Amaracinum.*

Le *Serpent* hait l'odeur du *Leopard,* *Aldro.* c'est-pourquoy on dit que l'homme qui est couvert de la peau du Leopard, n'est point attaqué par les Serpens.

Le *Parfum* de la *corne de Mulet* fait *Belberus.* fuir les *Souris*, Belberus dit qu'il faut que ce soit la corne gauche.

L'*Elephant* hait la *Chevre*, à cause qu'- *Ælian.* elle put, parce qu'il aime les odeurs suaves, celles des onguents odoriferans, & des fleurs qui le réjouïssent, & l'adouciffent s'il est en colere.

De la Saveur.

ARTICLE II.

Il ne faut point douter que la plus grande part des Animaux haïssent les

Saveurs acres, ameres, fallées, aigres & afpres, & qu'il y en a peu qui mangent de la chair de leur efpece.

Aldro.

Le *Chien* ne mange point de la *Beccasse*, ni des autres *Oifeaux* qui fentent le fauvagin : Il a mefme l'*Estourneau* en horreur pour la mefme raifon.

Blondus.

Tout le *bestail* hait l'*Anagallis masle*, & mange de la femelle. Mais je voudrois avec l'autorité de Pline qui dit cecy, quelque experience ; car ces deux efpeces d'herbe ont le mefme gouft.

Le *Bœuf* ne mange point l'herbe nommée *Gallion*.

Boethus affeure que la chair de *Renard* cuite & meflée avec la pafture des Animaux domeftiques, les preferve pour deux mois du Renard, & que l'on fe fert de cette invention en Efcoffe : Ce qui fe rapporte à ce que dit Pline, que les Coqs ne feront point attaquez par les Renards, fi on leur fait manger du foye de Renard deffeiché. Cela vient fans doute de ce que le Renard a l'odorat tres-exquis, & qu'il n'y a point d'animal qui ait plus d'averfion à manger de la chair de fon efpece que luy.

De la Douleur.

ARTICLE III.

L'ASNE, & le *Taureau*, haïssent le *Arist.*
Corbeau, parce qu'il les frappe de
ses aisles, & leur becquete les yeux ; car
l'œil est la premiere partie que le Corbeau attaque dans les corps morts. Le
Cheval le hait aussi, parce qu'il vole sur
son dos, & le luy becquete.

La *Brebis* hait la *Pie*, parce qu'elle la *Ælian.*
becquete, & luy arrache la laine.

Le *Bœuf* hait l'*Asylus* & la *Mousche-* *Arist.*
vere, & mesme toutes les autres mous-
ches qui le piquent ; Il hait aussi les
Pous & les *Crotons*. Croton est le Ri-
cinus qui est different de celuy des
Chiens : il s'appelle Croton, parce qu'-
il est semblable à la semence de l'herbe nommée Croton. Les Brebis & les
Bœufs qui en sont picquez deviennent
maigres, & leur chair est de mauvais
goust.

Les *Chiens* haïssent les *Puces*.

Le *Crocodile* hait la *Febve espineuse*, *Cretens.*
parce qu'il a peur qu'elle ne luy offen-
se les yeux.

L'*Afne* & le *Mulet* haïffent la *Souris*, parce qu'elle fe cache dans leur mangeoire, & leur mord les levres pour les empefcher de manger.

Non feulement le *Pourceau* a averfion contre la *Belette*, comme dit Pline, mais encore tout le beftail la hait, parce qu'elle les attaque, & leur mord les tetines, qui s'enflamment & deviennent livides, comme Euftathius a remarqué. Aldrouandus rapporte cela comme fi Ælian l'avoit dit, mais il ne parle point de la Belette, & c'eft de la *Muferaigne* dont la morfure eft venimeufe.

On dit que le *Crocodile* hait le *Pourceau du Nil*, parce qu'il femble le fuir, ne le pourfuivant pas comme il fait les autres poiffons; mais cela vient de ce que ce poiffon, qui eft vne efpece de Perche, a des épines fur la tefte, qui bleffent le Crocodile quand il luy arrive de le devorer.

Le *Lion* hait extrémement le *Singe*, parce que le Singe eftant fur vn arbre, fi le Lion vient à paffer deffous, il fe jette fur fa croupe, & s'attache à fa queuë ; ce qui eft infupportable au Lion.

L'*Afne* hait l'*Ægithus*, parce que pour *Plin.*
fevanger de ce qu'il fait tomber fon nid
en fe frottant contre les buiffons, il vole
fur luy, & becquete fes vlceres.

On peut mettre en ce rang les autres
chofes qui incommodent les Animaux
fans leur caufer de la douleur, comme
l'*Abeille* qui hait la *Brebis*, parce qu'- *Plin.*
elle a peine à fe démefler de fa laine
quand elle vole deffus.

L'*Elephant* hait la *Fourmi* & la *Sangfuë*,
parce qu'il craint qu'elles n'entrent en
fa trompe, dont il feroit incommodé. Il
hait pour cette raifon la *Souris*, & fon
averfion eft fi grande, qu'il refufe les
alimens qu'il aime le mieux, s'il voit
que la Souris les a touchez.

Du Son.

ARTICLE IV.

LEs trois qualitez qui fuivent ne font
pas fafcheufes d'elles-mefmes aux
Animaux, elles leur donnent feulement
le foupçon & la crainte de quelque
danger.

Tous les Animaux ont peur quand

ils entendent le cri de ceux qui les mangent.

Le *Lion* ne peut fouffrir le chant du *Coq*, & a peur quand il entend le *bruit des charettes*.

L'*Elephant* ne peut auffi fouffrir le cri du *Pourceau*, comme nous avons dit cy-devant ; Et Albert dit la mefme chofe du *Cerf*. Porta dit que le *Cheval* ne peut fouffrir le bruit des tambours qui font faits de peau d'*Elephant* ou de *Chameau* ; mais c'eft vne imagination de cét Auteur, qui a voulu étendre la Haine de ces Animaux jufques à ce fon de tambours, qui peut-eftre n'ont jamais efté faits de ces peaux-là.

Olaüs.
Plin.

L'*Ours* hait les fons rudes, & fe plaift à l'harmonie, comme le *Cerf*.

Plin.

Les *Brebis* craignent le *Tonnerre*, & quand elles l'entendent, elles s'approchent l'vne de l'autre, & celle qui s'en trouve feparée, avorte de peur fi elle eft pleine.

Le *Cheval* hait naturellement le *braire de l'Afne*, & Cardan dit que ce n'eft que par couftume qu'il le fouffre.

Arift.

L'*Ægithus* a peur quand il l'entend braire, par le fouvenir du mal qu'il a de couftume de luy caufer.

De la Couleur.

ARTICLE V.

L'ELEPHANT hait la couleur blan- *Plin.*
che & rouge , & se met en fureur
quand on luy presente des draps de cette couleur.

Le *Lion* ne peut aussi souffrir la veuë *Seneque.*
des draps blancs, non plus que l'*Ours*. *Plin.*
Le *Taureau* s'irrite à la veuë de la cou- *Seneq.*
leur rouge.

Plutarque & d'autres Philosophes
cherchent la raison de cette Haine dans
le temperament de ces Animaux ; mais
il est certain que la veuë de ces couleurs
ne les irrite point par elle-mesme : car
l'Elephant ni le Lion, ni l'Ours ne s'ir-
ritent pas quand ils voyent la neige, ou
des personnes habillées de blanc ; ni le
Taureau, quand il voit des fruits rou-
ges, ou des Pasteurs qui ont des habits de
cette couleur ; mais c'est que ces Animaux remarquent le dessein de ceux
qui les veulent irriter en leur presentant
des morceaux de drap de quelque couleur que ce soit, de sorte que ce n'est pas

la couleur qui les met en colere , mais
la perſonne. Et l'on pourroit dire pour
le Lion, qu'il hait les draps blancs , dans
la crainte qu'il a qu'on ne luy en couvre
la teſte ; car il perd toute ſa force quand
il l'a couverte.

Senec. Le *Lion* hait le feu ; mais cela ne luy
eſt pas particulier, il n'y a guere d'animal
qui ne le craigne. Les *Grenouilles* meſme
Mizald. m ſe taiſent quand elles voyent vne chandelle au bord de l'Eſtang , & ſe laiſſent
prendre à la main.

De la Figure.

A R T I C L E VI.

LE *Cheval* hait l'*Elephant* , le *Chameau* , le *Veau marin* , à cauſe de
leur figure monſtrueuſe & eſtrange.
Tous les Animaux s'étonnent à la veuë
de ceux qui ſont grandement extraordinaires.

L'*Elephant* craint l'eau , non ſeulement
parce qu'il nage difficilement , mais encore parce qu'il void ſa figure dans l'eau,
qui l'eſtonne : c'eſt-pourquoy quand il
veut boire, il la brouïlle toûjours auparavant.   Le

Le *Lion* & le *Tigre* craignent l'*Elephant*, à cause de sa grandeur énorme, & de sa figure monstrueuse ; c'est-pourquoy ils ont peur d'en estre attaquez, & ordinairement ils le previennent.

On dit que le *Crocodile* attaque tous les Animaux terrestres, fors l'*Elephant*, & c'est sans doute qu'il le craint à cause de sa grandeur , & de sa figure monstrueuse & extraordinaire.

De la Haine des Animaux, qui est fondée sur les qualitez occultes.

CHAPITRE V.

IL y a deux sortes de qualitez occultes ; les vnes dont la nature est connuë en general, comme les venimeuses & les stupefactives, dont nous avons donné des exemples aux deux premiers Chapitres ; Les autres sont tout-à-fait inconnuës , & ce sont celles dont nous avons à present à parler.

Les aversions des Animaux, qui sont fondées sur elles , se peuvent diviser en trois ordres, à sçavoir, en celles que l'on

Q

croit veritables, en celles qui font vray-
femblables, & en celles qui font fauffes.

Pour les veritables, nous en avons fait
le catalogue en la premiere Partie de cét
ouvrage, où nous avons monftré que
fans avoir recours à ces qualitez occultes, elles fe pouvoient rapporter à quelqu'vne des caufes ordinaires de la Haine
des Animaux. Ainfi il ne nous refte icy
que les vray-femblables & les fauffes,
dont nous devions parler. Nous ne pre-
tendons pas neantmoins rapporter toutes celles qui fe trouvent dans les Auteurs; c'eft affez d'en donner quelques
exemples, qui ferviront au Lecteur,
pour luy apprendre à ne condamner pas,
& à ne croire pas auffi legerement ce
qu'il trouvera dans les livres fur cette
matiere.

Les Inimitiez vray-femblables.

J'Appelle les Inimitiez vray-femblables, qui font fondées fur quelque
verité, laquelle femble marquer quelque antipathie entre les chofes, quoy
qu'en effet il n'y en ait aucune. Ainfi,
L'on dit qu'il y a antipathie entre le

Plin.

Coq & le *Sureau*, parce que les flutes
qui font faites d'vn Sureau qui vient en
des lieux où l'on n'entend point le chant
des Coqs font meilleures & plus refon-
nantes. Cela eft veritable, & ne vient
d'aucune antipathie, parce que le Sureau qui naift en vn lieu defert & fau-
vage, où par confequent les Coqs ne
s'entendent point, eft plus dur & plus
folide, & par confequent plus propre à
faire des flutes, que s'il vient en vn lieu
habité, où le terroir eft plus fertile &
plus humide, & où les arbres font moins
fermes & folides.

On dit encore qu'il y a antipathie en- *Plin.*
tre le *Coq* & la *Vigne*, dautant que fi
l'on fait vn colier de farment, & qu'on
le mette à l'entour de fon col, il ne chante point : mais cela vient de ce que le colier l'incommode & l'embaraffe, & qui
en auroit fait vn d'vne autre plante, il
produiroit le mefme effet. Il en faut
dire autant de l'*Afne*, qui ceffe de braire
fi on pend vne pierre à fa queuë.

L'*Alloüette* femble avoir quelque antipathie avec le figne *Arcturus*, parce qu'à
fon lever elle ceffe de chanter, elle devient malade, & s'arrache les plumes.

Mais cela procede de ce qu'en ce temps-là elle commence à muër, qui est vne maladie commune aux Oiseaux, dont les vns sont plus malades que les autres.

On croit qu'il y a vne Inimitié particuliere entre l'*Aigle marine* & l'*Allouëtte*; Mais il n'y a rien de particulier en cela, sinon que comme tous les Oiseaux de proye poursuivent tous les petits oiseaux, l'Allouëtte qui vole fort haut, est plus en prise que les autres qui volent bas; Et parce qu'elle est plus souvent attaquée par l'Aigle marine, il semble que cette Aigle ait quelque Inimitié particuliere contre elle.

Il semble qu'il y ait quelque antipathie entre le *Cocu* & les *Cigales*, sur ce qu'il ne chante plus quand il les entend chanter; mais cela vient de ce que le Cocu cesse de chanter quand la Canicule se leve, & qu'en ce mesme temps les Cigales commencent de chanter; de sorte que cela vient de la saison, & non d'aucune Inimitié.

Ceux qui ont escrit de l'Agriculture, disent que lorsque l'on seme, le grain qui touche les cornes des Bœufs, ne produit rien; mais je croy que c'est vn precepte enigmatique de l'Agriculture, par lequel ils veulent enseigner comment il faut semer le grain; car il ne le faut pas jetter si roide, qu'il aille jusques sur les cornes des Bœufs.

L'ombre de la *Hyene* rend les *Chiens* muets; mais ce n'est pas l'ombre, c'est la peur qu'ils ont d'elle quand ils en sont proches.

Cardan dit que la Haine que les *Chiens* ont contre les *Chats*, se conserve aprés la mort de ceux-cy, parce que le Chien trouvant la peau du Chat, se plaist à se rouler & sauter dessus, & mesme qu'il saute sur le lieu où l'on a enterré vn Chat; mais c'est que l'on a remarqué cela des jeunes Chiens qui folastrent par tout.

On dit qu'il y a Inimitié entre les *Limaçons*, le *Porc*, & la *erdrix*: parce que les Limaçons ne se trouvent point au lieu où il y a des Porcs & des Perdrix: mais c'est sans doute que le Porc & la Perdrix les mangent, & que par consequent on ne les trouve point en mesme lieu.

Porta dit que si l'on fait vn tambour de peau de *Cheval*, on fait fuir le *Phocas*,

Q iij

ou *Veau marin*; mais c'eſt le bruit qui luy fait peur, & celuy de quelque autre tambour que ce ſoit produiroit le meſme effet.

Quelques-vns diſent que l'Inimitié qui eſt entre le *Chat* & la *Souris*, vient de ce que la Souris eſt vn animal lunaire, & que le Chat eſt ſolaire, & que c'eſt pour cela que le Chat la pourſuit davantage en pleine Lune, qu'au croiſſant; mais cette Haine n'eſt pas reciproque, elle ſe trouve ſeulement dans la Souris, & ſi le Chat la pourſuit davantage en pleine Lune, c'eſt qu'elle eſt alors plus graſſe & plus ſucculente.

On peut mettre en ce rang ce que l'on dit de l'Inimitié qui ſe conſerve entre les beſtes mortes, dont nous avons parlé à l'entrée de ce diſcours.

Pline dit que l'*Eſpervier* a vne averſion particuliere contre le *Cœur*, parce qu'il ne mange jamais celuy de la proye qu'il a priſe, mais c'eſt qu'il eſt ſaoul avant qu'il vienne au cœur de la beſte.

Les Inimitiez fausses.

LE *Cocu* & les *Cigales* se haïssent, ce-la n'est pas veritable, non plus que la raison que l'on en donne; car on dit que les Cigales se sentent tellement importunées de son chant si souvent repeté, qu'elles s'assemblent & se coulent sous ses aisles, le mordant de telle façon, qu'à la fin il en meurt. C'est Isidore qui est l'Auteur de cette fable.

Porta dit qu'vn homme est en seureté des *Leopards*, s'il est couvert de la peau de la *Hyene* des Anciens; mais c'est vne imagination de cét Auteur, qui a de coustume d'estendre la Haine que les Animaux ont ensemble jusques sur leurs dépouïlles. Il n'a pas certainement fait l'experience dont est question; puisque la Hyene des Anciens est ignorée. Il en faut croire autant de ce qu'il dit, que si vne femme grosse entend le son des cordes faites des boyaux de Vipere, elle avortera.

Pline dit que ceux qui sont oingts de graisse de *Coq*, ne sont point attaquez des *Leopards* & des *Panthcres*; mais c'est auffi vne imagination fondée fur la Haine que le Lion a contre le Coq; le Leopard & la Panthere eſtant de meſme genre que le Lion.

Si l'on frotte la creſte du *Coq* du fang tiré de la teſte du *Milan*, il ne chantera plus : faux.

La peau du *Loup* miſe fur vn homme qui a eſté mordu d'vn Chien enragé, empeſche qu'il ne tombe dans la rage. Qui s'y voudroit fier?

Aldrouandus dit que le *Lezard* hait le *Limaçon*; mais cela n'eſt pas veritable, & il n'a pas entendu les paroles de Pline, quand il eſcrit que *Lacerta inimiciſſimum genus cochleis*, qui ne veut-dire autre choſe, ſinon que le Limaçon hait toute forte de Lezards, parce qu'ils le mangent.

F I N.

ERRATA.

E R R A T A.

Page 62.   ligne 9.   pendant   *lisez* perdant
Page 103. lig. 11.   ἀπολαύειν   *lis.* ἀπολαύειν
Page 154. lig. 23.   proye   *lis.* de proye
Page 169. lig. 27.   des grands   *lis.* de grands
Page 181. lig. 1.   on cry   *lis.* son cry
Page 207. lig. 17.   au traité de   *lis.* dans l'Art de
                      la Douleur   connoiftre les
                                          hommes. Ch. 4.

Page 212. lig. 16.   qu'il   *lis.* qu'elle
Page 216. lig. 7.   Clorion   *lis.* Chlorion
Page 228. lig. 13.   Oterus   *lis.* l'Icterus.

R

Extrait du Privilege du Roy.

PAR Lettres Patentes du Roy, données à Compiegne au mois de Iuin
1667. fignées, Par le Roy en fon Confeil,
SALMON, & feellées du grand feau de
cire jaune, il eft permis au fieur DE LA
CHAMBRE de faire imprimer le *Difcours de l'Amitié , & de la Haine qui fe
trouvent entre les Animaux*, par tel Impri-
meur & Libraire qu'il voudra choifir,
pendant l'efpace de dix années : & deffenfes font faites à tous autres Impri-
meurs & Libraires, d'imprimer ou faire
imprimer ledit livre fous pretexte de
changement, augmentation , ou autrement en quelque forte & maniere que ce
foit, fans le confentement dudit Expo-
fant, ou de ceux qui auront droit de luy,
pendant ledit temps, à peine de dix mille
livres d'amende , & de tous defpens ,
dommages & interefts, ainfi qu'il eft plus
au long contenu efdites Lettres.

*Achevé d'imprimer pour la premiere fois le
dernier Iuin 1667.*

www.ingramcontent.com/pod-product-compliance
Lightning Source LLC
Chambersburg PA
CBHW070513030726
47503CB00004B/1250